AF130200

Tobias Wahren, 1964 als Franke geboren, wuchs unter den Friesen an der Nordsee auf. Er erhielt früh Klavierunterricht und studierte nach dem Abitur Klavier und Dirigieren.

Es folgte ein Jahrzehnt voller Umzüge und Arbeit an verschiedenen Theatern als Korrepetitor, Chordirektor, Dirigent und Schauspielmusiker. Für das Ulmer Theater komponierte er eine Kammeroper, er schrieb Orchesterstücke, Musicals, Chorwerke, Kammermusik, Ballettmusik, Klavierwerke und Lieder. Tobias Wahren lebt als freier Musiker im Raum Ulm. Nach *„Langer Anlauf ohne Sprung"* und *„dann eben weg"* ist *„Kopf an Kopf"* sein dritter Roman.

Tobias Wahren

Kopf an Kopf

Roman

© 2013 Tobias Wahren
Herstellung und Verlag:
BoD - Books on Demand, Norderstedt
ISBN: 9783732292771
Bibliographische Information der Deutschen Bibliothek:
Die Deutsche Bibliothek verzeichnet diese Publikation in
der Deutschen Nationalbiographie.
Detaillierte bibliographische Daten sind im Internet über
http://dnb.ddb.de abrufbar.
Coverfoto: Waldemar Wahren, 1969

1.Tag

„Der junge Herr mit der Corona!"

Corona?

Wen meint der, etwa mich? Ich schaue ihn fragend an.

„Ja, Sie!"

Also gehe ich zu ihm und denke während der zehn Schritte über das seltsame Wort *Corona* nach. Was meint er damit? Es erinnert an Sonne. Cor ...

„Wie heißen Sie?"

Ich nenne ihm meinen Namen.

Mit konzentriertem Blick sucht er mich in einer offensichtlich alphabetisch geordneten Liste im vorderen Mittelfeld. Als er mich entdeckt, huscht ein erfreutes Lächeln über seine Lippen. Es verrät, wie tief es ihn befriedigt, wenn alles seine Ordnung hat. Ist das Professor Wiehlich, der große, bewunderte Dirigent Wiehlich? Mit so großen Ohren und prominenter Nase hatte ich ihn mir nicht vorgestellt.

„Dann kommen Sie mal mit", sagt er.

Vor ihm betrete ich einen fensterlosen Raum. Die Türe schließt geräuschlos.

Nun beginnt sie also, meine Aufnahmeprüfung im Fach „Dirigieren". Ich bin so nervös, dass mir das Atmen schwer fällt. Im heißen Licht starker Halogenlampen sitzen einige gepflegte Herren an einem langen Tisch in ordentlicher Reihe und schauen mir gelangweilt entgegen. Es riecht nach Schweiß und Rasierwassern. Durch die dunklen Anzüge und etwas unmodernen Brillen bei fortschreitendem Haarausfall sehen sie sich merkwürdig ähnlich. Sonst ist der Raum fast leer, nur im Hintergrund steht ein aufgeklappter Flügel.

Betont aufrecht stelle ich mich einen guten Meter vor den Tisch und sage:

„Guten Tag!"

Einige nicken. Wiehlich nennt mit sachlicher Stimme meinen Namen, worauf ein dezentes Blätterrascheln einsetzt. Sie suchen nach meinen Unterlagen und lehnen sich zurück, als sie sie gefunden haben.

„Dann legen Sie mal los!" sagt Wiehlich.

„Loslegen? Womit?"

„Dirigieren sie uns was."

Dirigieren?

Hier?

„Wen denn? Was denn, wie denn?"

Darauf bin ich nicht vorbereitet. Ratlos schaue ich ihn an.

„Sie wollen Dirigent werden, nicht wahr?"

Ich nicke zögernd.

„Also dirigieren Sie!"

„Aber hier ist doch kein Orchester, das ..."

„Dann stellen Sie sich eben eines vor! Hier, bitte sehr, rund um sie herum: Da sitzen die ersten Geigen, da hinten Holzbläser, dort die Celli. Sehen Sie?"

Ich nicke verwirrt.

„Wenn Sie wollen, nehmen Sie meinen Stift als Taktstock. Bitte sehr. Und nun fangen Sie an. Sagen wir mal: *Köchelverzeichnis 543*, erster Satz."

Er reicht mir seinen Kugelschreiber, während die anderen Herren Zeichen von Heiterkeit zeigen. Zögernd nehme ich den Stift entgegen, er ist schwarz, schwer, frei von Reklame, ein edles, teures Stück.

„Mozarts letzte Es-Dur-Sinfonie?" frage ich.

„Immerhin, das wissen Sie. Also: Bitte sehr!"

Zu Beginn Mozarts drittletzter Symphonie erklingt ein feierlicher Akkord in Es-Dur, *tutti*, volles Orchester. Ich stelle mir den Klang vor, dann hebe ich meinen Arm mit dem Kugelschreiber zwischen Daumen und Zeigefinger zu wuchtigem Einsatz.

„Halt! Moment!" unterbricht er mich. „Sie vergewissern sich nicht der allgemeinen Aufmerksamkeit der Musiker!"

Neuerliche Heiterkeit der Jury.

Allgemeine Aufmerksamkeit?

„Die hatte ich!" entgegne ich trotzig.

Wollen die sich einen Spaß mit mir machen?

„Oho", sagt der Vorsitzende der Kommission Professor Wiehlich mit weit hochgezogenen Augenbrauen: „So schnell erreichten Sie die allgemeine Aufmerksamkeit? Nein, das glaube ich nicht. Noch einmal!"

Also noch mal.

Ich schaue mich prüfend im unsichtbaren Orchester um, stelle mir den Akkord vor, hebe den Arm zum wuchtigen Einsatz ...

„Halt!"

Was ist jetzt?

„Meinen Sie nicht, dass der erste Akkord nach diesem Auftakt zu brutal wird? Sie schlagen ja zu wie ein Tennisspieler beim Aufschlag. Vergessen Sie nicht, Sie dirigieren Mozart. Mozart!" wiederholt er gedehnt und findet erneut Gelegenheit, seine Augenbrauen in die Höhe zu ziehen. Ich habe den Verdacht, dass er diesen Blick vor dem Spiegel probiert und als vorteilhaft empfunden hat.

„So schlagen Sie vielleicht ein *Ass* beim Tennis", bemerkt ein Herr vom Tisch mit dünner Stimme und freut sich hörbar auf seine Pointe, „die Symphonie aber steht in Es ..."

Ein anerkennendes Lachen der Kollegen antwortet ihm, das er auf eine Weise ignoriert, als gelängen ihm Pointen dieses Kalibers im Stundentakt.

„Aber es ist *forte*", widerspreche ich, weil ich Witze auf meine Kosten schlecht vertrage, „und es spielt das volle Orchester."

„Aber nur ein *klassisches* Forte", triumphiert Professor Wiehlich wie aus der Pistole geschossen, „kein spätromantisches! Das ist doch kein Tschaikowsky und erst recht kein Strawinsky!"

Als Professor für Dirigieren hat er diesen Satz schon hundert Mal gesprochen, das höre ich. Überhaupt nehme ich die ganze Situation ungewöhnlich scharf wahr, registriere mehr Gesten, Untertöne, als es mir unter normalen Umständen gegeben ist. Wahrscheinlich liegt es am Adrenalin in meinem Blut.

„Also noch mal!" werde ich aufgefordert.

Gut. Also noch mal.

Weich, wie von einem seidenen Faden gezogen, hebe ich den Arm, und nach einem kurzen Impuls in der Höhe lasse ich ihn wie in einen Haufen Daunenfedern sinken.

„Gut so. Bravo!" ruft Wiehlich jetzt. „Jedenfalls schon etwas besser", korrigiert er sich sofort nach unten. „Noch etwas unpräzise, aber klanglich recht brauchbar."

Klanglich?

Ich habe nichts gehört.

Aber Hauptsache, er ist zufrieden, denn immerhin bin ich es, der etwas von ihm will, nicht umgekehrt, und zwar nichts Geringeres, als einen Studienplatz an der Musikhochschule Würzburg im Fach Dirigieren.

„Wissen Sie, was in einem Uhrwerk die *Hemmung* bedeutet?" fragt er mich und sieht mich dabei so wichtigtuerisch an, dass ich mich beinahe für ihn schäme. Ich schüttle den Kopf. Was hat das mit Mozart und mit meiner Absicht, Dirigent zu werden zu tun?

„Die Hemmung ist das A und O der Uhr", doziert er, als wolle er vor allem seinen Kollegen imponieren: „Erst die Hemmung", fährt er selbstgefällig fort, „erreicht, dass die Zeit einteilbar wird. *Einteilbar*, verstehen Sie das?"

Ich nicke artig.

„Dabei ist sie nichts als ein kurzes, ein kleines Innehalten ..." fährt er fort und hält seinerseits für einen Moment inne, „... und dann ..." er zieht die Augenbraue in die Höhe, „... Tick!"

Ich nicke, als hätte ich verstanden, worauf er hinaus will.

„Beim Dirigieren ist es nicht anders."

Eitel stellt er sich mitten in den Raum, sofort entsteht ein großes Orchester um ihn. Er hebt den Arm und lächelt selbstgefällig in die virtuelle Runde:

„Hemmung ..." sagt er zu mir, und dann, als sein Arm sinkt, „... und Tick!"

Er genießt in Deutschland einen großen Ruf:

Professor Wiehlich: Chef renommierter Orchester. Generalmusikdirektor bedeutender Bühnen. Unternahm Welttourneen. Gesamtaufnahmen von Beethovens und Bruckners Sinfonien auf Platten. Natürlich zahllose Rundfunkeinspielungen. Professor Wiehlich. Und nun erlebe ich ihn live vor meiner Nase und bin innerhalb weniger Minuten enttäuscht. Seine Vorstellung ist schlecht, eitel und scheint den Kern seiner Philosophie bereits beinhaltet zu haben:

Hemmung und Tick.

Soso.

Er setzt sich an seinen Platz zurück und blättert in den Formularen.

„Klavier", spricht er auf den losen Blätterhaufen in seinen Händen, „können Sie spielen, soviel ich sehe ..."

„Ja", sage ich schnell und ein wenig stolz. Es täte mir gut, ihnen etwas vorzuspielen, denn ich möchte wetten, dass mir keiner der Herren darin das Wasser reicht. Aber er winkt ab:

„Davon gehen wir aus."

„Wie stehen es mit *prima vista?*" meldet sich der zweite Herr von links mit ausländischem Zungenschlag zu Wort. Ihn hatte ich bisher noch nicht als eigenständige Person wahrgenommen, obwohl er erheblich dicker ist als die anderen. Schwer, wie angeklebt sitzt er auf seinem Stuhl, seine Stimme aber klingt leicht und hell, tönend und ein wenig affektiert. Ich vermute, er ist Tenor und Gesangsprofessor der Hochschule, wahrscheinlich Italiener.

Natürlich wissen die anwesenden Herren Professoren, dass studierte Pianisten wie ich im sogenannten *Prima-vista-Spiel* zu Problemen neigen, aber man verlangt ja auch von einem Gewichtheber keine überragenden Leistungen im 100-Meter-Sprint. Pianisten üben täglich viele Stunden lang intensiv die gleichen hundert bis zweihundert

Werke zwischen Bach und Rachmaninoff, das notwen-dige *Repertoire* der Klassikszene. Ein völlig neues Stück zu erarbeiten bedeutet für sie, eine neue Sprache zu lernen, in eine neue Welt zu treten. Und das tun sie langsam und mit großem Ernst. Völlig fremde Noten aufschlagen und sie *auf den ersten Blick* vom Blatt zu spielen, ist eine von Pianisten eher selten praktizierte Disziplin.

So vorschnell und fast stolz ich eben bestätigt hatte, dass ich Klavierspielen könne, so verspätet und zurückhaltend reagiere ich nun auf die Frage, wie es mit meinem Prima-vista-Spiel stehe:

Meine Lippen spitzen sich, ich wiege den Kopf, und, weil ich nur begrenzt lügen kann, entschlüpft mir ein verräterisch unsicheres:

„Ähh, nun ja ..."

Schon werde ich an den Flügel geschickt.

Ich setze mich seufzend an den hochwertigen Steinway und schaue mit gerunzelter Stirn in einen aufgeschlagenen Klavierauszug: Unter dem Titel *Ouvertüre* tummeln sich erschreckend viele Noten und Balken, das Blatt ist verwirrend eng beschrieben und erscheint mir schon rhythmisch völlig undurchsichtig. Im Diskant tummeln sich punktierte Zweiunddreißigstel in höchsten Oktaven.

Nein, keine Chance, das sehe ich gleich. Ich schaue auf den Einband, *Rossini*, dachte ich es mir doch. Das war's dann wohl. Allerdings hatte ich genau dieses Ende befürcht, denn für künftige Dirigenten ist das Blattspiel von grundlegender Bedeutung. Leider klaffen gerade hier noch meine schmerzlichsten Lücken.

Zwei Wege stehen mir jetzt offen:

Entweder beginne ich dilettantisch zu klimpern und beweise mein Unvermögen, oder ich gebe auf. Nach kurzem Zögern entscheide ich mich für den zweiten Weg:

„Das kann ich nicht, das ist zu kompliziert für mich", gestehe ich offen und schließe die Noten. Ein enttäuschtes Murmeln und Räuspern der Professoren antwortet.

„Versuchen Sie es wenigstens", lässt sich einer vernehmen, dessen Stimme ich nicht kenne.

Ich winke ab.

„Geben Sie doch Einfacheres die nette, junge Mann, *più facile*", bittet eine tenorale Stimme seinen Kollegen. Aber Professor Wiehlich hebt unmissverständlich und unwiderruflich abwehrend seine spinnenlangen Finger:

Gleiches Recht für alle, bedeutet diese Geste, und: *Lieber nehme ich keinen als einen, der das mindeste Handwerk nicht beherrscht!*

Ich verbeuge mich zum Abschied vor der Riege wohlgenährter Herren. Warum ich das tue, weiß ich nicht. Vielleicht zeige ich damit, dass ich meine Ablehnung als berechtigt annehme.

„Moment noch!" ruft eine Stimme von links.

Sofort wird es wieder still im Raum. Das Vakuum, das diesem Zwischenruf folgt, zieht alle Augen auf dessen Absender. Er ist der einzige Juror mit nur halb ergrautem Haar, ist kleiner als die anderen. Sein Kopf ist auffällig rund.

Sein Zeigefinger weist auf meine Brust:

„Warum wollen Sie Dirigent werden?" fragt er.

Ich schlucke. Es ist das zwar eine berechtigte, aber ziemlich gemeine Frage, denn, Hand aufs Herz, wer weiß schon wirklich, warum er will, was er will? Wer kann genau wissen, warum er tut, was er tut und warum er ist, wie er ist? Ich habe auf all diese Fragen bisher jedenfalls keine befriedigende

Antwort finden können. Und in dieser verfahrenen Prüfungssituation bin ich nicht imstande, etwas zu improvisieren. Darum entgegne ich stolz:

„Ach, wissen Sie, ich hab es mir eben anders überlegt. Vielleicht will ich gar nicht mehr Dirigent werden."

Das laute Rascheln von Papier, das meiner frechen Antwort folgt, sagt unmissverständlich:

Gut, dann können wir ihre Bewerbungsblätter ja entsorgen.

*

„War nix!"

„Wie nix?"

„Wie ich sage: Voll in die Hose gegangen!"

„Au weia!"

Sie schweigt.

Dann:

"Und wie geht's dir jetzt?"

Kann sie sich doch denken, was soll die blöde Frage.

„Scheiße", antworte ich, dabei stimmt das gar nicht: Ich bin vor allem wütend. Wütend auf mich, auf diese blöde Kommission und auf die ganze vergeigte Situation.

„Willst du nicht zu mir nach Hause kommen?" höre ich ihre Stimme weinerlich durch mein Handy.

Quatsch, nach Hause!

Wo, bitte, soll denn das sein?

Hannover will ich so schnell wie möglich verlassen. Da fühle ich nicht mehr zu Hause, seit mein Klavierstudium so ziemlich beendet ist. Meint sie also etwa das Plätzchen an ihrer Seite? In ihrem Zimmer? Die freie Stelle in ihrem Bett? Meint sie etwa, ich wollte mich bei ihr ausheulen, mich von ihr trösten lassen? Da kann sie lange warten. Ich will nicht heulen. Was will ich denn?

Wütend trete ich gegen die Wand vor mir.

„Was machst du jetzt?"

„Weiß noch nicht ..."

„Komm zu mir", säuselt sie und ahnt nicht, wie sehr mich ihr verführerischer Singsang abstößt.

„Nein!" sage ich grob.

Schweigen.

„Ich melde mich wieder", sage ich und drücke sie weg, obwohl ich weiß, wie gemein das ist. Das Gespräch hat mich noch wütender gemacht, aber ich hatte ihr versprochen, mich gleich nach der Prüfung zu melden. Was soll eigentlich diese ständige saublöde Sichmelderei? Ich balle die Faust um mein Handy und nehme mir vor, nur noch bei ihr anzurufen, wenn ich tatsächlich das Bedürfnis habe. Um einem Rückruf vorzubeugen, schalte ich es aus. Dann lehne ich mich seufzend an das schwarze Brett, auf dem glückliche Studenten Unterricht, Instrumente und Wohnungen suchen oder bieten.

Da stehe ich also einsam und erfolglos in der Welt, in einer Stadt, die ich nicht kenne. Ohne Studienplatz, ohne Zukunft, dafür eine Freundin an der Backe, die ich kaum mehr liebe oder auch nur begehre. Kurzentschlossen krame ich ein Blatt Papier aus meinem Rucksack.

Tausche Freundin gegen Studienplatz schreibe ich langsam in dicken Druckbuchstaben darauf und hefte es ans Schwarze Brett. Zwar grinse ich dabei, als wäre es ein Witz, das Traurige aber ist: Ich meine es eigentlich ernst und würde auf ein diesbezügliches Angebot wahrscheinlich eingehen. Eine Weile stehe ich nachdenklich davor, als mich plötzlich eine Stimme aus meinen trüben Gedanken reißt.

„Alter? Größe? Körbchengröße?"

Verdattert wende ich mich um.

„Ja. Sie müssen auch die Körbchengröße Ihrer Freundin dazuschreiben ..."

Er grinst mich ein wenig mitleidig an und schüttelt langsam den Kopf. Es ist jener Professor, der eben mich gefragt hatte, warum ich Dirigent werden wolle.

„Es war ja nur ein Spaß", murmle ich verlegen und will das peinliche Blatt entfernen.

„Lassen Sie es doch, vielleicht findet das irgendwer witzig."

Ich zögere. Er legt die Hand auf meine Schulter und fragt:

„Begleiten Sie mich zu einer Tasse Kaffee?"

Mein verwundertes Augenbrauenheben erinnert mich zu meiner Verwunderung sofort an Professor Wiehlich, so dass ich sie schnellstens wieder senke.

„Natürlich. Ja. Gerne. Warum nicht", antworte ich wirr. „Aber müssen Sie nicht weiter prüfen?"

Er winkt ab.

„Wir machen eine Pause", sagt er und fügt hinzu: „Nach Ihnen ..."

Ich nicke schmerzlich berührt.

„Meinte nur, weil Ihre Prüfung ja so schnell vorbei war. Ich kenne ein nettes Café. Kommen Sie mit?"

Ich nicke wieder. Natürlich bin ich einverstanden. Als er vorausgeht, folge ich wie ein braves Hündchen. Nachdem wir die Musikhochschule verlassen haben, gehen wir nur um eine Ecke. In einer stillen Seitenstraße stehen mehrere kleine Tische vor einem Café, einer davon ist frei.

„Wie praktisch", sagt er und belegt einen freien Stuhl, bevor er anderweitig besetzt werden kann. Ich erbitte einen Stuhl vom Nebentisch, dann setze ich mich ihm gegenüber. Sofort tritt eine aparte Blondine an den Tisch.

„Herr Professor", begrüßt sie ihn in singendem Tonfall und lächelt so freudig, dass man um ihre makellosen Zahnreihen auch noch das hellrote Zahnfleisch sieht.

„Wie immer", sagt Wiehlich und nickt ihr freundlich zu, „nur doppelt. Das will sagen: Zweimal. Einmal für mich, einmal für den jungen Kollegen dort."

Ein strahlendes Lächeln aus blau blitzenden Augen streift mich.

„Aber gerne!" sagt sie und ist schon verschwunden.

Er lehnt sich zurück.

„Sie trinken Cappuccino?"

„Aber ja, gerne, ich kann mir gerade nichts Besseres vorstellen - ..."

„Es geht noch besser: Ich trinke dazu immer einen kleinen Grappa."

„Einverstanden", sage ich, „nach meiner miesen Vorstellung eben ..."

„Kokettieren Sie nicht. So schlecht waren Sie auch wieder nicht."

Überrascht blicke ich ihn an.

„Bitte? Schlimmer hätte es gar nicht laufen können!"

Er schweigt.

„Aber dieser Professor Wiehlich hat mich ganz durcheinander gebracht mit seinem unsichtbaren Orchester und seiner seltsamen Uhrmacherphilosophie: Hemmung und Tick", sage ich kopfschüttelnd. Dann schau ich ihn schnell an:

„Oh, bitte, entschuldigen Sie, sicher sollte ich nicht so über einen Kollegen von Ihnen sprechen. Aber es war für mich nicht leicht, hierher zu kommen, was allein die Bahnfahrt gekostet hat ... und wenn ich überlege wie blöd ich mich angestellt habe ... ach ..."

Dass ich mich in einem Gedankenknäuel verhaspelt habe, fällt nicht weiter auf, denn in diesem Augenblick bringt die Blondine bereits die Grappa und Cappuccinos auf einem Tablett.

„Für den Herrn Professor", sagt sie, als sie das Gedeck vor ihn stellt, „und hier, für den jungen Herrn Kollegen, bitte sehr!"

Wieder sendet sie uns ihr etwas übertrieben strahlendes Lächeln:

„Zum Wohl!"

„Danke, Ulrike!"

Sie vollführt einen kleinen, ironischen Knicks vor unserem Tisch, dann dreht sie sich mit fliegendem Pferdeschwanz und geht. Er muss meinen bewundernden Blick bemerkt haben, denn lächelnd an seinem Grappa schnuppernd fragt er:

„Ulrike würden Sie demnach nicht am schwarzen Brett zum Tausch anbieten?"

Ich hüstle verlegen. Er hebt sein Glas über unsere Augenlinie:

„Auf Ihre Zukunft, denn in Ihrem Alter muss man sich noch nicht um die Gesundheit sorgen."

Auch ich hebe mein Glas.

„Danke für die Einladung, Herr Professor!"

Wie sonst soll ich ihn nennen, da er sich mir nicht vorgestellt hat.

Wir trinken.

Das scharfe, ungewohnte Zeug brennt wohltuend in meinem Mund und Rachen, ja, bis in den Magen kann ich seinen Weg verfolgen. Ich muss mich schütteln und gleichzeitig spüre ich eine seltsame Erleichterung.

„Ah", seufzt der Professor: „Und jetzt einen Schluck aromatischen Cappuccino: Wunderbar!"

Er trinkt, stellt seine Tasse ab und lehnt sich zurück. Dann fasst er mich ins Auge:

„Und mit ihrer Prüfung sind Sie unzufrieden?"

„Absolut!"

Der Grappabrand im Mund beschwingt meine Rede und lässt meine Stimme tiefer klingen:

„Und ich bin enttäuscht von Professor Wiehlich. Ich hatte so viel Großartiges über ihn gehört, dabei kam er mir eigentlich nur eitel vor ... nein", verbessere ich mich nach ein paar Sekunden, „nicht nur eitel. Ich hatte sogar das Gefühl, er wollte sich vor seinen Kollegen produzieren, anstatt mich zu prüfen. Richtig peinlich also ..."

Diesmal entschuldige ich mich nicht für meine offenen Worte, im Gegenteil, ich genieße die Erleichterung, die sie mir verschaffen.

„Und Sie", wende ich mich höflich auf eine ausgeglichene Konversation bedacht an ihn, „darf ich fragen, welches Fach Sie an der Hochschule unterrichten?"

Er nickt:

„Später. Vorher möchte ich wissen: War das ernst gemeint, als Sie sagten, Sie hätten sich das mit dem Dirigentenberuf anders überlegt?"

Ich zucke die Achseln.

„Ich weiß nicht. Vorhin jedenfalls schon. Jetzt schon wieder etwas weniger ..."

Er lächelt und durchkämmt mit den Fingern sein grau-braunes Haar.

„Wollen Sie mir jetzt auf vielleicht auf meine Frage antworten?"

Ich weiß gleich, was er meint:

„Warum ich Dirigent werden will?"

Er nickt und lässt die Augen nicht von mir, so dass ich den Blick senke. Es wundert mich, dass er sich so für mich interessiert. Kurz regt sich der Verdacht, es könnten andere Interessen im Hintergrund schlummern. Aber nein. Nein, das ist ausgeschlossen.

„Also", beginne ich und hebe den Blick, „um es zuzugeben: Genau weiß ich es nicht. Aber ich habe es satt, immer nur alleine und auf dem Klavier zu musizieren, so viel weiß ich immerhin. Und die Arbeit zum Beispiel an einem Opernhaus stelle ich mir im Vergleich viel lebendiger und aufregender vor. Aber nachdem ich weder singen noch ein Orchesterinstrument spielen kann, bleibt nur das eine Fach: Dirigieren."

Er nickt.

„Wissen Sie", sprudelt es von Grappa, Kaffee und seinen interessierten Blicken angeregt weiter aus mir, „für einen Pianisten reicht es nicht bei mir, ich bin nicht gut genug für eine Karriere, das habe ich in den letzten Jahren erkannt. Ich brauche also eine Alternative für die Zukunft. Dirigent, hm, das hat doch was - außerdem bewege ich mich gerne ...“

Ich grinse:

„Sie wissen: Erst Hemmung, dann *Tick*.“

Ich reiße zwei Zuckertüten gleichzeitig auf und versenke die kleinen Kristalle im verbliebenen Kaffe. Durch diese Beschäftigung und das anschließende Rühren finde ich Grund, ihn nicht anzuschauen.

„Darf ich fragen, warum Sie das interessiert? Es freut mich natürlich, aber ich meine, nach so einer Prüfung ... ich meine ...“

„Ich will es Ihnen erklären“, sagt er. „Zunächst muss ich mich vorstellen: Mein Name ist Wiehlich.“

Mir bleibt der Mund offen stehen.

„Ja, staunen Sie nur. Und weil ich mir meine künftigen Studenten lieber in Ruhe anschaue, habe ich die Leitung der Prüfungen einem Kollegen überlassen. Ich gebe zu“, er lächelt nach Worten suchend in die Luft, „dass .. nun ja, lassen wir das. Hören Sie: Das pure Handwerk eines Dirigenten, den Takt zu schlagen und Einsätze geben, lernt man schnell. Das ist nicht viel. Und wenn Sie an einem Opernhaus arbeiten, kommen Sie um das leidige Blattspiel nicht herum. Aber auch das lässt sich lernen. Fleiß und Interesse sind nötig, aber ich glaube, dazu sind Sie fähig. Aber all das ist nebensächlich. Was bei einem Dirigenten zählt, ist Persönlichkeit. Die entscheidet alles. Ich will Ihnen sagen, dass Sie mir gefallen haben. In Ihnen steckt etwas.“

Er schaut mich freundlich an, dann fährt er fort: „Ihr innerer Kampf zwischen Demut und Trotz war packend anzusehen. Es hat mich gefreut und überzeugt, dass am Ende Ihr Trotz gesiegt hat.“

Er hebt seine Tasse und trinkt langsam, als wollte er mir Zeit lassen, seine Worte zu verdauen.

Ich bin sprachlos.

„Hören Sie also", fährt er mit leiserer Stimme fort: „Ich möchte, dass Sie mein Student werden. Aber ..." jetzt lehnt er sich fast verschwörerisch mir entgegen über den Tisch, „Sie haben die Prüfung abgebrochen und sind damit offiziell durchgefallen. Aber ich habe einen Plan ..."

Er bricht ab und lehnt sich zurück, denn plötzlich steht Ulrike bei uns.

„Noch einen Wunsch, Herr Professor?" zwitschert sie.

„Ja", antwortet er und fasst in sein Jackett, „schreib' das alles auf meine Rechnung. Und gib das hier", und damit schiebt er ihr ein Geldstück in die Hand, „nicht beim Finanzamt an ..."

Ulrike lacht erfreut.

„Aber Herr Professor, ich kenn' mich im Leben doch aus ..."

„Dann ist es gut."

„Danke auch!"

Er winkt ihr, dass sie nicht weiter stören soll, aber bevor sie geht, zwinkert sie mir zu. Dann fliegt wieder ihr Pferdeschwanz.

„Wo war ich stehen geblieben? Ach ja ..."

Er rückt auf die Kante seines Stuhls und stützt den Oberkörper mit beiden Ellenbogen auf den Tisch: „Also: Wollen Sie bei mir studieren? Sagen Sie es klar und ehrlich. Wenn Sie sich nicht sicher sind, sollten wir uns die Mühe sparen."

Ich bin immer noch zu fassungslos, um schnell antworten zu können, daher nicke ich ein paar Mal wie ein stummer Fisch, bevor es mir gelingt, mit wackliger Stimme zu sagen:

„Aber ja, ja doch, es wäre mir eine große ..."

Alle weiteren Worte wischt eine strenge Geste von meinem Mund.

„Also", fährt er fort, „dann machen wir es so: Morgen wiederholen Sie die Prüfung. Ich spreche mit meinen Kollegen, und dann ... kennen sie übrigens *Wilhelm Tell?*"

„Äh, was? Wie? Wilhelm Tell, ja ... Schiller?" stottere ich überrumpelt.

„Nein. Nicht das Schauspiel. Die Oper von Rossini. Also: Sie wiederholen die Prüfung und strengen sich an. Mögen sie Debussy?"

Debussy? Was sollen diese Fragen?

„Ja, äh, sehr ..."

„Das ist gut. Morgen um zwölf sind Sie dran. Das können Sie sich doch noch merken, auch wenn Sie im Moment nicht sehr intelligent wirken? Oder?" schmunzelt er.

„Zwölf Uhr", wiederhole ich mechanisch.

„Gut. Nehmen Sie sich ein Zimmer. Und morgen um zwölf ..." Er stutzt: „Oder ist das mit dem Zimmer ein Problem?"

Natürlich ist es das. Wie sollte ich bezahlen? Mein Konto ist so überzogen, dass die Bankkarte einbehalten wurde. Außerdem verfällt mein Bahnticket. Aber lieber schlafe ich in der Kanalisation und laufe auf den Händen nach Hause, bevor ich mir diese Chance entgehen lasse.

„Also geben Sie mir Ihre Handynummer. Sie besitzen doch ein Handy? Ich spreche mit einem meiner Studenten, bei dem Sie für eine Nacht unterkommen können. Er ruft Sie später an."

Ich krame schnell nach einem Zettel in meinem Rucksack, notiere hastig meine Nummer und reiche ihm das Blatt.

Er erhebt sich, schaut auf die Uhr und seufzt:

„Es geht weiter. Und jetzt sind Blockflöten dran ...! Bis morgen also."

Sein Zeigefinger bohrt sich streng in Richtung meiner Brust.

„Keinen Dank will ich hören. Dafür gibt es keinen Anlass. Ich werde vom Staat stattlich dafür honoriert, dass ich jungen Talenten helfe. Und nicht vergessen: *Tell!"*

Zum Abschied nickt er mir zu.

Bevor ich ‚Auf Wiedersehen, Herr Professor' oder Vergleichbares stammeln kann, ist er um die Ecke verschwunden. Ich war aufgestanden, nun falle ich in meinen Stuhl zurück und schlage mit der flachen Hand gegen meine Stirn. Als ich die Hand langsam vom Gesicht rutschen lasse, steht Ulrike wie hergezaubert vor mir. In der Hand trägt einen weiteren Grappa:

„Du siehst aus, als könntest du den brauchen", sagt sie lächelnd und stellt ihn vor mich. Auf meine erschrocken abwehende Geste fügt sie hinzu:

„Geschenk des Hauses ... vielmehr: Ein kleines Begrüßungsgeschenk von mir ..."

Wieder lächelt sie.

Dann sehe ich ihren Pferdeschwanz fliegen.

*

„Hallo, Corinna, ich bin's!" rufe ich aufgeregt.

Gleich nachdem ich mein Handy wieder einge-schaltet habe, ich muss ja für den Studenten wegen des Zimmers erreichbar sein, verspürte ich den zwingenden Wunsch, Corinna von den rasanten Entwicklungen zu berichten.

„Sebastian?"

„Du stell dir vor, es ..."

„Warte, ich gehe aus dem Zimmer."

Hinter ihr höre ich Klaviergeklimper.

„Spiel' das noch mal. Ich komme gleich wieder zu dir", höre ich sie mit süßlicher Klavierlehrerinnenstimme anordnen. Dann wandert die Kuhlau-Sonatine in den Hintergrund. Eine Tür wird geschlossen.

„Sebastian! Da bin ich. Was gibt's denn?"

„Stell' dir vor, ich kann vielleicht doch noch bestehen", sprudelt es atemlos aus mir.

„Was denn?"

„Die Prüfung! Mensch, meine Aufnahmeprüfung!"

„Wirklich? Wie das?"

Mein beziehungsgeübtes Ohr hört messerscharf einen Anteil Enttäuschung in ihrer Stimme. Natürlich, klar: Wie habe ich nur annehmen können, dass sie sich ehrlich für mich freut! Im tiefsten Inneren wünscht sie, dass ich zu ihr ziehe und nicht nach Würzburg.

„Freust du dich nicht für mich?" frage ich.

„Doch, doch! Aber was war denn?"

„Ach, das ist so schwer zu erklären. Dem Dirigierprofessor habe ich offenbar gefallen. Er will, dass ich die Prüfung morgen wiederhole!"

„Morgen?" fragt Corinna.

Ich weiß es: Ihr Geist rechnet gerade unsere Wochenendplanung durch, die durch die Änderung ins Schwanken gerät.

„Vielleicht bekomme ich doch einen Platz!" juble ich, doch so schnell ist Corinna nicht:

„Morgen", wiederholt sie gedehnt. „Um wieviel Uhr denn?"

„Wieso? Mittags. So um zwölf."

„Fährst du danach nach Hannover?"

„Was weiß ich denn?" brülle ich wütend in das Handy. Ich habe es geahnt: Sie denkt nur daran, dass wir uns am Wochenende bei ihr treffen wollten. Nur daran. Mehr interessiert sie nicht.

Ich hasse sie.

„Das wäre ja ganz toll, wenn es klappen würde", sagt sie schnell. Aber ich durchschaue sie:

„Ja, das wäre es. Jedenfalls für mich!" entgegne ich finster.

„Für mich doch auch!" haucht sie devot, die Tränen hörbar schon an der Gurgel. „Ich drücke dir so sehr die Daumen, mein Liebster!"

Sie lügt. Dabei kann ich es ihr nicht einmal übel nehmen. Sie liebt mich. Jedenfalls glaubt sie das.Und was noch schlimmer ist, sie glaubt, dass ihr Leben nur in meiner Gegenwart sinnvoll und schön ist. In dem daraus resultierenden Nähezwang hat sie meine Liebe zu ihr allerdings schon fast erdrosselt.

„Danke", sage ich trocken.

Es war ein Fehler sie anzurufen.

„Sebastian", schluchzt sie plötzlich.

„Ich muss weiter. Da kommt der Professor. Schönen Tag noch!" lüge ich und lege auf. Mit einem Stoßseufzer schiebe ich das Handy tief in meine Hosentasche. Aus dem Rucksack hole ich ein neues Blatt und schreibe diesmal:

Freundin zu verschenken!

Das hefte ich ans Schwarze Brett neben meine vorige Tauschanfrage.

*

Zwei Stunden später vibriert und tönt das Handy in meiner Hose. So schnell es geht, ziehe ich es heraus und schaue auf das Display. Die Nummer ist mir unbekannt, also ist es nicht Corinna.

Schnell nehme ich an:

„Hallo?"

"Hallo, bist du Sebastian?"

"Ja, der bin ich."

„Gut."

Die männliche Stimme klingt gehetzt. Vielleicht will er Handykosten sparen.

„Ich heiße Ulrich. Studiere bei Wiehlich. Er hat angerufen. Gesagt, dass du einen Schlafplatz brauchst. Soweit korrekt?"

„Korrekt", antworte ich ironisch mit dem ungewohnten Adjektiv. „Soweit völlig korrekt".

„Geht klar. Kannst bei mir eine Nacht bleiben. Ich schlaf' woanders."

„Super, danke!"

„Hast du was zum Schreiben?"

„Moment!" Ich krame nach einem Zettel: „Leg' los!"

Er nennt mir seine Adresse.

„Du musst innerhalb der nächsten Stunde kommen. Sonst bin ich weg."

Ich schaue auf die Uhr. Halb fünf.

„Ist das weit von der Hochschule?"

„Frag' dich zum Dom durch. Da in der Nähe. Bis später also."

„Danke, ich mache mich gleich auf den Weg!"

Klick.

Das klappt ja wie am Schnürchen!

Ich erhebe mich seufzend von der Parkbank, auf der ich mich nach gemütlichem Schlendern durch die Straßen niedergelassen hatte, und mache mich auf die Suche. Mein Kopf, dem die zwei Grappa spürbar zugesetzt hatten, sieht die Welt nun wieder klarer. Ich atme ein paar mal tief durch, reibe die Handflächen aneinander und sage aufmunternd zu mir selbst:

„Auf geht's, rein ins Vergnügen!"

Es stellt sich heraus, dass ich mich schon in unmittelbarer Nähe des Doms befinde. Nur wenig später stehe ich vor einem hellbraunen, auffällig hässlichen Nachkriegshaus und suche Ulrichs Namen unter etwa zwanzig Klingelschildern.

Der Öffner brummt.

Er lebt mit zwei Mitbewohnern gleich im Erdgeschoss und schaut mir, als ich die Türe öffne, erstaunlich aufgeschlossen und freundlich entgegen.

„Sebastian?" fragt er mit sonorer und nachhallend durchs Treppenhaus klingender Stimme.

„Ulrich?" frage ich zurück.

„Nein, aber der kommt gleich, komm' rein!"

Also nicht Ulrich, dachte ich mir fast, denn der klang nicht so freundlich.

Ich nehme die paar Stufen zum Eingang mit schwungvollen Schritten.

„Hallo!" sage ich. „Also ich bin jedenfalls Sebastian. Auch wenn du nicht Ulrich bist."

Er mustert mich kritisch.

„Sag' mal, du hast ja voll die Alki-Fahne! Hast du gesoffen, oder was?"

„Oh!"

Erschrocken fahre ich mir vor den Mund.

„Das kommt ... äh, also ... Professor Wiehlich hat mich zu einem Grappa eingeladen und ... äh ..."

Nicht-Ulrich lacht:

„Schon gut. Ich habe eine lästig gute Nase. Außerdem habe ich schon am Rande mitgekriegt, dass für dich heute ein aufregender Tag ist. Komm' erst mal rein. Ich heiße übrigens Leopold."

„Leopold", wundere ich mich, „was für ein ausgefallener Name ..."

„Hör' bloß auf damit! Wenn du wüsstest, wie oft ich darüber Witze ertragen muss. Darum nenne ich mich meistens Leo."

Ich stelle meinen Rucksack in den Flur.

„Und was ist dir lieber? Wie soll ich dich nennen?"

„Leopold. Du bist doch Musiker."

Ich nicke und verstehe den Zusammenhang: Leopold hieß Mozarts Vater.

„Hier, das ist Ulrichs Zimmer."

Er zeigt mir den ersten Raum rechts:

"Stell' deinen Rucksack rein und komm mit in die Küche. Ulrich kommt gleich wieder. Er besorgt nur noch was."

Ich öffne die Tür und finde in dem übervollen Zimmer kaum noch Platz für meinen Rucksack. Wegen der alle Wände bedeckenden, überquellend gefüllten Bücherregale müssen sogar sein Klavier und Bett mitten im Zimmer stehen. Kopfschüttelnd quetsche ich den Rucksack in die Ecke hinter die Türe, damit die schmalen Zwischengänge nicht verstellt werden. Dann folge ich Leo in die Küche.

„Willst du mitessen?" fragt er, während er mit einem ungewöhnlichen Küchengerät knisternde Zwiebeln durch eine große Pfanne schiebt.

„Oh, wenn es reicht, gerne. Danke!"

„Wird schon reichen", murmelt er.

Ich setze mich auf einen der vier Stühle und schaue ihm zu. Mit priesterlichem Ernst schiebt und wendet er den Pfanneninhalt.

„Kann ich dir helfen?" frage ich höflich.

„Nee, das mache ich lieber selbst", antwortet Leo und fährt fort, seine Zwiebeln nach geheimen Gesetzen in der Pfanne zu wenden. Er muss ein Perfektionist sein, so konzentriert, wie er dabei zu Werke geht. Meine Gegenwart scheint im Vergleich mit den Zwiebelchen zweitrangig zu sein. Mir ist das recht. Ich lehne mich zurück und genieße den würzigen Duft im Raum.

Was für ein Tag, denke ich gerade, als es warnend in meiner Hose zu vibrieren beginnt. Mein Handy. Es vibriert immer zuerst ein paar mal, bevor es mit dem Sound eines virtuosen Klavierstücks läutet. Rasch richte ich mich auf, um in die Tasche greifen zu können.

Da klingelt es auch schon.

„Cis-moll Prélude Rchmann... nee, Moment, das ist das Fantasie-Improptu in cis-moll von Chopin", kommt es von Leopold wie aus der Pistole geschossen. Ich nicke ihm lachend zu, aber mein Lachen gefriert, als ich Corinnas Name auf dem Display lese.

„Ich geh mal eben in den Flur", murmle ich. Er antwortet mir mit einer Geste die bedeutet: Mach' was du willst, aber stör' mich nicht!

Bevor ich abhebe, schließe ich die Küchentür.

„Corinna? Was ist denn? Warum rufst du an?"

Da höre ich schon ihr Schluchzen.

„Ach, Sabi ..."

Sabi nennt sie mich, wenn sie an unsere guten Zeiten erinnern will, wobei ich diesen Kosenamen schon lange nicht mehr mag.

„Es ... es tut mir so leid ... ich ..." schnieft sie.

„Ja? Aber was denn? Was ist denn?" frage ich genervt.

Bestimmt ist wieder gar nichts.

„Ich ... ich freue mich doch für dich. Wirklich. Ich schwöre es dir, dass ich mich für dich freue, aber ... aber du musst doch verstehen ..."

„Was aber? Was muss ich verstehen?"

„Ich ... ich liebe dich ... ich ... aber ..."

„Was denn?" rufe ich so laut, wie ich es unter den gegebenen Umständen verantworten kann.

„Ich liebe dich ... und ... und ..."

„Und was? Und was? Was?"

„Ach, du, ich würde dich am Wochenende doch so gern sehen ..."

Na also. Darum, nur darum ging es.

„Sag mal", beginne ich und fuchtle dabei mit der freien Hand wütend im Flur herum, „merkst du nicht, dass es für mich total schwer wird, mich auf dich zu freuen, wenn du mir dauernd die Luft zum Atmen abschnürst?"

„Luft abschnürst? Was redest du denn plötzlich?" fragt Corinna heulend, „ich habe ... ich habe doch von meiner Liebe gesprochen ... und ... "

Während sie das sagt, höre ich Schritte im Treppenhaus, dann einen Schlüssel im Schloss.

„Du, Corinna, ich muss Schluss machen. Da kommt Ulrich. Ich melde mich später wieder. Ja?"

Die Tür geht auf, und nun passieren zu viele Dinge gleichzeitig:

Eine freudig überraschte Stimme ruft:

„Der junge Kollege! Na so was auch, das ist ja nicht zu glauben!" Das erklingt aus fröhlichem Mädchenmund, denn herein kommt nicht Ulrich, den ich mir vielhaarig, dunkel und vollbärtig denke, sondern die blonde Schönheit Ulrike aus dem Café um die Ecke. Und an meinem anderen Ohr ruft Corinna:

„Sebastian? Was ist los? Wer ist das? Wo bist du? Das ist doch nicht Ulrich, das ist doch kein Ulrich, du lügst mich ja an, wo bist du ...?"

Mir bleibt nur „ich melde mich später" in den Hörer zu rufen, aufzulegen und das Handy sicherheitshalber unauffällig abzuschalten.

Inzwischen hat Ulrike die Tür hinter sich geschlossen und stellt sich strahlend vor mich:

„Also, das verstehe wer will. Ich jedenfalls nicht! Was machst du denn hier?"

Sie lacht. Ich fange mich schnell und kontere:

„Am allerwenigsten mit *dir* rechnen ..."

Bevor wir das vertiefen können, öffnet sich die Küchentür und Leo kommt heraus.

„Uli!" sagt er froh, drückt sich etwas grob an mir vorbei und umschließt sie fest mit beiden Armen. Die beiden scheinen also ein Paar zu sein. Er ist gut einen Kopf größer als sie, so dass sie sich während der Umarmung auf die Zehenspitzen stellen und den Kopf in den Nacken legen muss. Ich kann ihr Gesicht mit den geschlossenen Augen in Ruhe betrachten, als sie sich ungewöhnlich lange und fast demonstrativ innig umarmen. Wahrscheinlich sind sie noch nicht so lange zusammen wie Corinna und ich.

„Das ist Sebastian", sagt Leo dann und zeigt auf mich: „Aus Gründen, die mir noch nicht ganz klar geworden sind, schläft er heute Nacht bei uns."

Ich nicke nur, denn niemand hat bisher näher nach diesen unplausiblen Gründen gefragt.

„Wir kennen uns", sagt Ulrike fröhlich und nimmt Leos Hand. „Nein, „kennen" ist natürlich übertrieben, aber immerhin habe ich ihm heute schon einen Grappa kredenz. Und einen zweiten spendiert."

„Ich dachte, der war von Wiehlich", entgegnet Leo und sieht mich skeptisch an.

„Das war der erste", lacht Ulrike, „der war kredenzt. Und der zweite, der war spendiert. Von mir. Das sagte ich doch."

Sie kichert.

„Darum die Alk-Fahne, als er kam."

Leo zieht Ulrike mit sich in die Küche.

„Hm, wie das duftet", stöhnt Ulrike, „ich habe den ganzen Tag bisher nur Süßes gerochen. Wie gut, etwas Würziges in der Nase zu haben!"

Sie setzt sich an den Tisch.

Dass Leo keine Hilfe duldet, scheint sie zu wissen, denn statt ihm diese anzubieten, klopft sie mit der flachen Hand an die Stelle auf den Tisch, wohin ich mich setzen soll.

„Also, nun sag: Warum warst du mit Wiehlich im Café? Wer bist du eigentlich?"

Ulrike ist wahrscheinlich so alt wie ich, ein paar Jahre über zwanzig, äußerlich in jeder Hinsicht bestens gelungen, wohlgeformt an allen Stellen, ein echter Glücksfall unter den denkbaren Variationen, wie Menschen, speziell weibliche, gestaltet sein können. Ihre Augen sind blau, wach und lebendig, ihre Art allerdings ein wenig affektiert, ihre Stimme schnell und hell.

„Ich hatte heute Prüfung", beginne ich.

„Worin?" fragt Leo in seine Pfanne.

„Dirigieren", antworte ich und will weiter sprechen, da aber wendet sich Leo zu mir um und schaut mich auf eine Weise an, als ob ich in diesem Moment zum ersten Mal mit seinen Zwiebeln an Wichtigkeit aufnehmen könnte.

„Klasse!" kommentiert Ulrike: „Und weiter? Wie war's?"

„Also: Ich habe Professor Wiehlich wohl ganz gut gefallen, denn er will, dass ich die Prüfung morgen noch einmal mache."

„Noch einmal?"

Leo fährt herum:

„Wieso noch mal? Ich dachte du hast gesagt, du hättest sie heute gemacht?"

Ich schlucke. Mir wird bewusst, dass ich nicht weiß, wie offiziell oder kriminell diese Wiederholung ist. Wiehlich jedenfalls hatte sich mir am Tisch wie ein Verschwörer entgegen gelehnt und leiser gesprochen. Darum antworte ich:

„Was heißt *noch mal*. Vielleicht ist es auch eine Art zweiter Teil oder so. Jedenfalls soll ich morgen um zwölf Uhr da sein und einen möglichst guten Eindruck hinterlassen ..."

Leo schnippelt Zucchini in extrem feine Scheiben. Rhythmisch wie ein Metronom im Allegro molto schnellt das scharfe Messer auf das Schneidebrettchen nieder.

„Wiehlich ist Klasse, oder?" fragt mich Ulrike. Ich nicke heftig:

„Ja!"

Und dann muss ich noch den Kopf schütteln, was aber nicht etwa ein *Nein* bedeutet, sondern die Verwunderung darüber ausdrückt, *wie* besonders ich ihn finde.

„Mir fallen auf Anhieb tausende positive Eigenschaften an ihm ein", übertreibe ich in meiner Begeisterung. „Er ist nicht nur Klasse, er ist einzigartig. Er ist ein ganz besonderer Mensch, oder?"

Jetzt nickt Ulrike. Ich erfahre, dass sie zum Beispiel den Job im Café ihm verdankt, denn er ist mit dem Besitzer befreundet.

„Was studierst du denn eigentlich?" frage ich.

„Rate mal!"

„Das hört man doch in jeder Sekunde", mischt sich Leo, nun Möhren raspelnd, ein: „Das typische Soubrettengegacker ..."

„Soubretten? Ach so, eine Sängerin?" frage ich erfreut, denn sie ist die erste Sängerin, die ich persönlich kennen lerne.

„Ja", sagt sie mit stolzem Lächeln.

„Nein", widerspricht Leo: „Soubrette!"

Ulrike wirft lachend eine Kartoffel nach ihm, die dumpf auf seinen breiten Rücken prallt und dann über die Fliesen des Küchenbodens zu uns zurückrollt:

„Noch ein falsches Wort, und die Kartoffel kommt noch einmal zurück!" warnt Ulrike fröhlich: „Auch *Soubretten* sind *Soprane,* und ohne uns gäbe es keine heilige Zauberflöte, Herr Leopoldus!"

„Pa", singt er.

„Pa, pa!" antwortet sie.

„Pa, pa, pa, pa!" setzt er fort.

Ich erkenne, dass auch Leo Gesangsstudent ist, wahrscheinlich Bariton, denn nun stimmen sie das Duett zwischen *Papageno* und *Papagena* aus

Mozarts *Zauberflöte* an. Ulrike, die sich gerne produziert, steht auf und umgarnt ihn wie ein *Gogo-Girl,* während er ungerührt seine Kartoffeln schält:

„*Eine kleine Papagena!*" singt sie kokettierend und nimmt ihm die Kartoffel weg.

„*Einen kleinen Papageno!*" entgegnet er und holt sie sich zurück.

So geht das eine Weile hin und her.

Am Ende fallen sie sich lachend in die Arme. Vor allem aber schauen sie, ob mir diese kleine Vorstellung gefallen hat. Ich klatsche höflichen Beifall:

„Bravo, bravissimo!"

Glücklich lächeln sie mich an und verbeugen sich mehrfach und tief. Ich bekomme eine Ahnung davon, wie dringend die Beiden die *Bühne* brauchen. Wenn ihnen sogar mein kleiner Beifall so viel bedeutet und so wohl tut, dann benötigen sie noch viel davon in ihren künftigen Leben. Also klatsche ich lang und kräftig.

Da öffnet sich die Küchentüre.

Plötzlich werden sie ernst, alle beide, schauen über mich hinweg in Richtung Tür und verstummen. Auch ich drehe den Kopf und sehe ihn zum ersten Mal.

Ulrich.

Niemals zuvor in meinem Leben hat meine Vorstellung von jemandem so sehr der Wirklichkeit entsprochen wie in dieser Sekunde: Ulrich hat tatsächlich dichte, gelockte und sehr dunkle Haare, dazu einen so umfassend wuchernden Vollbart, dass man neben dem hellen runden Fleck seiner Nasenspitze nur schwarze, fast glühende Augen und einen dicklippigen, fleischigroten Mund sieht. Bis auf die Schultern fallen seine Locken und auch sein Bart ist lang und tiefschwarz.

„Hallo!" grüßt er mit auffällig tiefer Stimme.

„Hallo!" antworten wir lächerlich einstimmig wie eine Schulklasse.

Er kommt herein, mustert Leo und Ulrike flüchtig, dann heften sich seine schwarzen Augen auf mich.

„Sebastian?" fragt er mich so scharf, dass ich unwillkürlich „korrekt!" antworte, dann aber über die plötzliche Wandlung der Stimmung in der Küche und vor allem über mein letztes Wort kichern muss. Ich stehe auf und strecke ihm die Hand entgegen:

„Hallo. Ich bin Sebastian. Danke, dass ich in deinem Zimmer übernachten darf."

Unwillig gibt er mir seine Hand. Sie ist so kalt wie ich mir die Hand eines Vampirs vorstelle. Fast erschrocken ziehe ich meine zurück und stecke sie in die Hosentasche, wo mich mein Handy daran erinnert, dass mir noch ein kompliziertes Telefonat mit Corinna bevorsteht.

„Isst du mit uns?" fragt Leo und wendet sich den Kartoffeln zu.

„Nein", antwortet Ulrich, dann schaut er wieder zu mir:

„Du schläfst in meinem Zimmer. Einen Schlüssel kann ich dir nicht überlassen. Du ziehst morgen die Türe zu. Klar soweit?"

„Klar soweit", wiederhole ich amüsiert.

Was für ein seltsamer Kerl.

Er hebt die Hand zum Abschiedsgruß wie ein Indianerhäuptling, und wieder imitieren wir ihn lächerlich einmütig. Dann geht er und schließt die Tür der Küche völlig geräuschlos. Ein seltsames Schweigen bleibt zurück.

Ulrike räuspert sich.

„Ist der immer so?" frage ich.

Ulrike bewegt die Lippen, als suchte sie nach einem passenden Wort. Dann antwortet sie einsilbig:

„Ja."

„Hm", entgegne ich ratlos.

Ein paar Sekunden bleibt es still in der Küche.

„Dann werden wir wohl bald miteinander studieren was?" greift Ulrike den Faden unseres Gesprächs wieder auf.

„Ich weiß nicht. Ich muss morgen um zwölf ja erst noch die Prüfung hinkriegen ..."

„Ach was", winkt sie ab, „wenn Wiehlich jetzt schon *junger Kollege* zu dir sagt, musst du dich wirklich dumm anstellen, um den Platz nicht zu bekommen."

Ich ziehe die Lippen nach innen. Mir ist plötzlich, als müsste mir etwas einfallen, als hätte ich etwas Wichtiges vergessen. Bevor ich diesem Gefühl auf den Grund gehen kann, ruft Ulrike:

„Apropos Studienplatz! Ich habe etwas total Ulkiges am Schwarzen Brett gelesen, da stand: *Tausche Freundin gegen Studienplatz.* Stellt euch das mal vor! Das muss ein extrem widerlicher Arsch sein, der so was schreibt, oder? Oder ein Witzbold. Und daneben hing ein anderer Zettel, gleiches Papier, gleiche Schrift: *Freundin zu verschenken!*"

Während ich mich verlegen ducke, damit man mein Erröten nicht bemerkt, stimmt Leo in ihr Lachen ein:

„Gott, das klingt ja schrecklich! Wird er die nicht anders los?"

Dann legt er zärtlich seinen Arm um Ulrike und säuselt mit sanfter Stimme:

„Ich würde dich nicht für alle Studienplätze der Welt hergeben, mein Schatz!"

Sie schielt schelmisch zu ihm hinauf:

„Ich danke dir, mein Liebster ... aber ob ich für ein Engagement an der *Metropolitan Opera* auch so standhaft wäre ... hm, da verspreche ich mal lieber nicht zu viel ..."

„Ich weiß: Du würdest alles tun, um Karriere zu machen", lacht er unbefangen und schlägt ihr ironisch strafend auf den Kopf: „Es spricht also für meine Risikofreude und Courage, dass ich unter solchen Umständen mit dir zusammen bleibe, oder?"

Es ist zwar unterhaltsam, wie die beiden sich necken, weil ich aber bei allem, was sie tun und sagen das Gefühl nicht los werde, dass sie es eigentlich für mich, für ihr Publikum, tun, und dass für sie die Küche nach wie vor eine kleine Bühne ist, fühle ich mich etwas benutzt.

„Was habt ihr eigentlich mit Wiehlich zu tun? Ihr seid doch Sänger und keine Dirigenten?" erkundiege ich mich.

„Was wären wir Sänger ohne euch Dirigenten - und was wärt ihr ohne uns!" antwortet Ulrike munter. „Wiehlich leitet die sogenannte Opernschule. Darin bereiten wir Opernaufführungen vor. Alles genau so wie am Opernhaus. Und Dirigierstudenten korrepetieren."

„Korrepetieren?" frage ich verdutzt. „Was bitte ist das denn?"

Leo schaut mich fassungslos an:

„Du bist ja wohl noch völlig grün hinter den Ohren! Du kannst von Glück sagen, dass ich es erkläre, denn wenn dir das Wort morgen in der Prüfung unbekannt gewesen wäre, hätten sie dich sofort heim geschickt!"

Bei diesen Worten regt sich in mir wieder das Gefühl, mich noch um etwas kümmern zu müssen, etwas vergessen zu haben. Es ist so, wie ich mir das berühmte Gefühl mit dem vergessenen Bügeleisen vorstelle – da war doch was ... da war doch was ...

Hat es vielleicht mit Corinna zu tun?

Nein, es war etwas Wichtiges ...

„Korrepetieren", erklärt Leo mit Professorenmiene, „heißt im Grunde: Begleiten am Klavier. Bei den szenischen Proben mit dem Regisseur spielt ja nicht das Orchester. Das wäre Unsinn und Zeitverschwendung, denn da wird alles tausend Mal wiederholt, ausprobiert, verändert. Nein, da spielt nur einer am Klavier genau die Musik, die später das Orchester übernimmt. Und das ist der Herr Korrepetitor. Und der korrepetiert."

„Aha," kapiere ich erfreut, „der Korrepetitor ist also der Herr Orchesterersatz?"

„Lustiges Wort", sagt Leo, „aber völlig richtig."

„Aber nicht nur das", mischt Ulrike sich mit ungewöhnlich ernster Miene ein, „die Korrepetitoren bringen uns Sängern zuerst bei, was wir überhaupt singen müssen."

Dann lacht sie wieder und blinzelt mir zu:

„In schönen Einzelstunden ... also streng' dich morgen kräftig an, bitteschön!"

„Ulrike!" mahnt Leo nicht mehr nur spaßig, „hör' endlich auf, Dirigenten so penetrant zu umgarnen!"

Drohend hebt er den Kochlöffel.

„Auch das muss ich üben", entgegnet sie unschuldig. „Klappern gehört zum Handwerk. Wer nicht wirbt, stirbt."

Dann zwinkert sie mir ein zweites Mal zu.

Leo setzt missmutig die Kartoffeln auf.

Natürlich kommentiere ich seine Küchenarbeit mit keinem Wort. Insgeheim aber hatte ich mich vorhin schon gewundert, warum er mit dem Zwiebelschmoren beginnt, die Zucchini vor den Möhren hackt und erst zuletzt die Kartoffeln aufsetzt. Zum Perfektionismus neigende Menschen gehen eigentlich strukturierter vor. Er aber macht zuletzt, was am längsten dauert, so dass, als wir uns zum Essen setzen, die Kartoffeln noch nicht durch, die Zwiebeln schwarz, die Zucchini verkocht und eigentlich nur die Möhren richtig gar sind. Aber aus meinem Mund dringt selbstverständlich kein kluger Ratschlag. Im Gegenteil. Ich gebe brav Genusslaute von mir. Von Ulrike erhält Leo sogar einen innigen Kuss - verbunden mit gesäuselter Versicherung, ein großartiger Koch zu sein, woraufhin er bescheiden abwinkt und umständlich von den Kochkünsten seines Bruders zu schwärmen beginnt:

„Also der! Ich sage euch, der zaubert euch einen Kalbsbraten, ganz unglaublich! Wirklich ein Gedicht", beginnt er und legt die Gabel beiseite.

„Iss' weiter", unterbricht Ulrike ihn frech und noch zur rechten Zeit, „ich mag kein Fleisch und will auch nichts davon hören."

Wir sprechen von diesem und jenem.

Ich bekomme Anekdoten aus der Opernschule erzählt, meist ausführliche Schilderungen von Missgriffen und anderen Peinlichkeiten, die ausgiebig belacht werden müssen.

„Oder weißt du noch damals, das mit Marcel?"

Leo schlägt sich auf die Schenkel vor Lachen und Ulrike fällt in hohen Frequenzen mit ein:

„Marcel! Ja, Marcel ... haha ..."

„Der ...", beginnt Leo von seinem Lachen immer wieder unterbrochen, „...der hatte als *Figaro*

Schwierigkeiten, den vielen Text zu behalten, haha, für einen Franzosen verständlich. Weil zu seinem Kostüm aber eine ulkige Mütze gehörte, eine Chauffeurkappe mit Schirm, hat er die schwierigsten Textstellen winzig klein abgeschrieben und in die Mütze geklebt ... hahaha ... so dass er die absetzen und immer wieder mal einen unauffälligen Blick hineinwerfen konnte ... haha ..."

Nun kann er vor Lachen nicht mehr weiter und Ulrike muss übernehmen:

„In der Premiere aber, da ... haha ... in der Prem ... haha ..."

Weiter kommt auch sie nicht. Leo versucht es wieder:

„In der Premiere aber war er so nervös, dass, als er die Kappe abnahm, der Zettel am Schweiß seiner Stirne kleben ... haha .... kleben blieb ..."

Nun schütteln sich die beiden vor Lachen. Ich strenge mich an, halbwegs mitzuhalten.

Zu meinem Erstaunen ist die Geschichte noch nicht zu Ende. Leo legt seine Hand auf meinen Unterarm, als wolle er mich auffordern, das Ende noch anzuhören:

„Als er endlich merkte, warum das Publikum lachte, nahm er sich den Zettel von der Stirn und man sah, dass der Schweiß die Tinte gelöst hatte ... hahaha ....und er ... haha ..."

„ ... er den ganzen Abend mit blauer Stirn ... haha ..."

„... Haha ... "

„... Hahaha ..."

Das Ende kann ich mir denken. Ich finde die Geschichte nur mittelwitzig, aber ich versuche, die beiden nicht durch ein zu mageres Mitlachen zu enttäuschen.

Nachdem wir fertiggelacht und aufgegessen haben, kehrt etwas Ruhe ein. Leo räumt den Tisch ab. Auch jetzt macht Ulrike keine Anstalten, ihm zu helfen.

„Und nun", sagt sie, und ihre Stimme hat einen juchzenden Unterton, ein perlendes Glucksen, als hätte sie sich schon die ganze Zeit vor allen Dingen darauf gefreut:

„Nun gibt es Künstlerbrause!"

Ich schaue sie fragend an:

„Künstlerbrause? Was bitte ist das denn?"

„Du weißt aber auch gar nichts ... was hast du denn in deinem bisherigen Leben getrieben?"

„Zuerst musst du meine Frage beantworten, dann erzähle ich dir, was ich mein ganzes bisheriges Leben über getrieben habe. Also: Was ist Künstlerbrause?"

„Weil mich dein *ganzes* bisheriges Leben nicht interessiert, verrate ich dir auch nicht, was Künstlerbrause ist. Stattdessen zeige ich sie dir. Leopold", sagt sie mit gräflichem Tonfall, „reiche *Er* uns die Künstlerbrause!"

Leo öffnet feierlich den Kühlschrank und holt mit großer Geste eine Flasche billigen Sekt hervor:

„*Voila! La brauss des artistes*", spricht er nasal und affektiert französisch, „zu deutsch: Champagner! Sekt, Fusel, kurz: Edelste Künstlerbrause!"

Ulrike kichert. Ich hebe abwehrend die Hand:

„Für mich nicht. Ich habe heute schon zu viel Grappa getrunken und muss morgen fit sein."

„Ach was! Du Spielverderber. Ein Glas musst du nehmen. Das bist du uns schuldig!"

Ulrike zieht einen Schmollmund und blinkt dabei in hohem Tempo mit ihren langen Wimpern.

„Also gut," gebe ich nach, „aber nur eines. Und das auch nur, weil ich es euch *schuldig* bin. Nebenbei: Warum bin ich es euch eigentlich schuldig?"

Ein Wort gibt das andere, und immer wieder findet sich für Ulrike ein Grund, ihr hohes, perlendes Gelächter auszustoßen. Die Gläser sind bald gefüllt, fast ebenso schnell geleert, aber trotz aller Überredungskünste von Ulrike widerstehe ich einer *künstlerischen Nachschütte*, wie sie es nennt. Ulrike treibt ihr Spiel so weit, dass sie ihre Wange an meiner reibt, um mich zum Bleiben zu bewegen.

„Gute Nacht", sage ich an der Tür stehend.

„Du willst doch jetzt nicht im Ernst schon schlafen?" fragt Ulrike nun aufrichtig empört: „He, es ist erst elf Uhr! Musst du noch meditieren? Oder onanieren?"

„Ulrike!" sagt Leo streng.

„Etwas Schöneres", entgegne ich lächelnd, „mit meiner Freundin telefonieren. Gute Nacht."

Damit schließe ich die Türe und atme auf.

Wenn Künstlerbrause für Künstler *Brause* ist, dann ist sie keine Künstlerin, denn sie verträgt wahrhaftig nicht viel davon.

Ulrichs Zimmer ist unheimlich.

Dass es so voll ist, erinnert mich an seine dichten, dunklen Locken, seinen wuchernden Vollbart, seine glühenden, schwarzen Augen. Als erstes öffne ich das Fenster weit, um nicht noch seinen Geruch zu atmen. Nach ein paar tiefen Atemzügen am Fenster hole ich meinen Rucksack aus der Ecke und stelle ihn auf das Bett. Ulrichs Zudecke und Kissen lege ich über das Klavier, dann ziehe ich meinen geliebten Schlafsack heraus und sofort wird mir heimischer: Seine Farben sind mir so vertraut. Wie viele Nächte und an was für seltsamen Orten hat er mir schon Schutz und Wärme beschert. Seine Hülle wird mich auch gegen Ulrichs Aura verteidigen. Ich mache die Klavierlampe an und lösche das grelle Deckenlicht. Als ich es mir auf dem Bett bequem gemacht habe, hole ich das Handy, schalte es mit einem leichten Gefühl von schlechtem Gewissen ein und tippe meine Pin.

Noch bevor ich Corinnas Nummer wählen kann, erreicht mich eine SMS von ihr. Darin teilt sie mir in kalten Worten mit, dass sie heute Abend ausgehen und vor elf nicht erreichbar sein würde.

Ich schaue auf die Uhr.

Zwanzig vor elf.

Auch gut.

Ich hole meine Zahnbürste und gehe ins Bad. Unter einem fleckigen Spiegel steht ein wildes Sammelsurium von Cremes und Deos, Bürsten, Parfums und Rasierwassern beieinander wie eine Drogerie in Miniaturformat. Mein Zähneputzen erreicht heute die klassische Marke von drei Minuten nicht. Ich spüle den Mund aus und lausche im Flur, ob Ulrike und Leo noch in der Küche sind. Weil ich nichts höre, lösche ich das Flurlicht und schließe die Tür zu Ulrichs Zimmer.

Viertel vor elf.

Mein Blick streift langsam über Ulrichs gigantische, in hohen Regalen fast alle Wände bedeckende Büchersammlung. Sie ist beeindruckend und abstoßend zugleich, denn für eine solche Menge ist er zu jung.

Zehn vor elf.

Ich nehme mein Tagebuch, aber die Vielzahl der heutigen Ereignisse überfordern mich. Statt zu schreiben, überfliege ich ein paar Einträge der letzten Wochen.

Fünf vor elf.

Das muss reichen.

Ich klappe das Tagebuch zu, nehme das Handy und wähle in Ruhe Corinnas Nummer, den Grußspruch für den Anrufbeantworter schon auf den Lippen fühlend.

„Sebastian?"

„Nanu? Du bist da?"

„Eben gekommen. Stört dich das?"

„Wo warst du?"

„Im Kino ..."

„Und mit wem?"

„Mit Norbert."

„Aha."

Aha. Norbert.

Norbert ist ein Verehrer von Corinna. Jedenfalls betrachten wir ihn als solchen, denn er muss immer herhalten und mit ihr ins Kino gehen, wenn sie mir beweisen will, dass sie auch anders kann, dass es Alternativen zu mir gibt: Norbert.

Zu meiner Aufgabe gehört es dann, eifersüchtig zu reagieren. Allerdings werde ich dieser Rolle heute nur begrenzt gerecht:

„Der schon wieder!" sage ich immerhin.

„Ja", entgegnet sie. Aber dem einsilbigen Satz hängt ein unüberhörbares Echo an:

Da siehst du, wohin du mich treibst!

Ich hoffe, dieses Vorgeplänkel so schnell wie möglich hinter mich zu bringen, um endlich vom heutigen Tag erzählen zu können.

„Lass uns Frieden schließen!" bitte ich.

„Dann erkläre mir, was das vorhin sollte!"

Darauf habe ich gewartet. Unter dem Deckmantel der Aufklärung des Missverständnisses berichte ich vom ganzen Tag: Von der tragischen Prüfung, dem anschließenden Frust. Einige Details lasse ich natürlich aus, etwa meine bösen Zettel am Schwarzen Brett. Dann berichte ich von Professor Wiehlich, seiner Art und dem erstaunlichen Vorschlag, die Prüfung morgen zu wiederholen. Schließlich erzähle ich von der Szene im Flur bei Ulrich. Die Darstellung meiner Verblüffung, dass genau diese Ulrike aus dem Café um die Ecke in den Flur kam, gelingt mir so gut, dass Corinna laut darüber lachen muss.

„So ein Zufall!" staunt auch sie und glaubt es mir aufs Wort, obwohl es kaum zu glauben ist.

„Und wie ist die so?"

Zwangsläufig stelle ich Ulrikes unangenehme Seiten groß heraus: In meiner Darstellung wird sie zu einer plumpen, kreischenden, stark geschminkten und zu Sektkonsum neigenden Neurotikerin.

Corinna ist zufrieden.

Dann fragt sie neugierig:

„Und dieser Wiehlich, ist der wirklich so nett?"

„Ja, ganz erstaunlich! Er ist wie ein Freund und Vater zugleich. Er hat mich zum Beispiel gefragt, ob ich bei ihm studieren wolle, stell' dir das mal vor! Das hat er ganz ernsthaft gefragt, weil sich sonst nämlich sein Plan ... aber ... Moment mal ... Nein ..."

„Was ist denn?"

„Das gibt es doch nicht!"

„Sebastian, was ist denn?"

„Oh nein! Was mach' ich denn jetzt?"

„Sebastian, sag' mir bitte, was los ist? Um Gottes Willen, sag' es mir!"

„Mir ist gerade was ganz Wichtiges eingefallen. Verflucht noch mal! Und die ganze Zeit war mir doch, als gäbe es da etwas ..."

„Aber was denn, *Sabi*, sag' doch, du machst mir ja Angst, wenn du so redest!"

Ich hole tief Luft:

„Bei dem Gespräch im Café hat er mich ganz unvermittelt nach *Wilhelm Tell* gefragt ..."

„Nach Wilhelm Tell? Warum das denn?"

„Warte doch: Er fragte, ob ich den kenne. *Schiller* habe ich gefragt, nein, hat er gesagt: *Rossini*. Und dann hat er einfach weitergeredet ..."

„Kann es sein, dass er nicht ganz dicht ist?"

„Im Gegenteil!" rufe ich und schlag mir die Hand an die Stirn: „Im Gegenteil: Er hat mir damit zu verstehen gegeben, dass ich mir den Wilhelm Tell von Rossini ansehen soll!"

„Wie? Und warum?"

„Warum? Das ist doch klar: Weil er mir die Noten morgen zum *Vom-Blatt-Spielen* aufs Klavier stellen wird ..."

Mir dreht sich alles.

„Das war ein Hinweis!"

„Sabi, du, ich finde ..."

„Ich muss sofort Schluss machen, tut mir leid. Ich muss versuchen, irgendwo die Noten von Willhelm Tell aufzutreiben. Nimm es mir nicht übel, ich melde mich wieder, gute Nacht!"

Ich schalte aus, springe auf, stecke das Handy weg und mache Licht im Zimmer: Wilhelm Tell, natürlich, Rossini! Plötzlich bin ich froh, dass mich in diesem engen Raum so viele Bücher umgeben und mache mich sofort auf die Suche.

Bald finde ich den Bereich, in dem die Noten stehen. Auch das sind beachtlich viele, vor allem Partituren. Unter den Klavierauszügen allerdings, immerhin ein ganzer Regalmeter, stechen vor allem

Mozart, Puccini und Wagner hervor. Von Rossini finde ich nur den *Barbier von Sevilla.*

Wilhelm Tell fehlt in dieser stattlichen Bibliothek. Ich gehe die Rücken der Notenbücher erneut durch. Allein vier Opern von Lortzing. Der ganze Wagner. Aber kein Willhelm Tell.

Was mache ich nun?

Bei Ulrike fragen? Bei Leo? Aber was werden die denken, wenn ich mitten in der Nacht mit dieser Frage komme:

Sorry, ich will nicht stören. Wollte nur fragen, ob ihr Wilhelm Tell von Rossini habt.

Nein das geht nicht, unmöglich. Plötzlich fällt mir ein, dass sich die Opernschule gerade mit dem Werk befasst. Also finde ich den Klavierauszug vielleicht in Ulrikes Tasche, die ich im Flur gesehen habe ...

Fast geräuschlos öffne ich die Tür.

Im Flur ist es dunkel. Das Licht aus Ulrichs Zimmer genügt, um Ulrikes Tasche zu sehen. Ich mache mich darüber her, sehe aber bald, dass sie keinen Klavierauszug enthält.

Was nun?

Still und zerknirscht stehe ich im Flur. Da höre ich ein zunehmend heftigeres Atmen aus einem der anderen Zimmer. Ich erstarre und lausche gebannt. Es kommt, soweit ich das beurteilen kann, aus der ersten Tür. Und es schwillt an. Ulrike ist es, die da schnauft. Unverkennbar: Sie genießt auch die Freuden der Liebe wie eine echte Bühnendiva nach ausschweifendem Genuss von Künstlerbrause: Laut und deutlich. Ihre Frequenzen steigen. Leo agiert auch hier rhythmisch wie beim Zucchinischneiden. Mir wird es unbehaglich, denn ich habe von Ulrikes Aufdringlichkeit im Verlauf des Abends genug genossen. Ihre Liebeslaute sind mir nicht nur unangenehm, ich halt es für möglich, dass sie auch diese, wie auf einer Bühne, für das Publikum verstärkt.

„Horch'!" rufen mir ihre Schreie zu: „Horch', wie leidenschaftlich und wie wild ich bin!"

Bei alledem aber vergesse ich mein eigentliches Anliegen, den Klavierauszug, nicht. Mir wird freudig bewusst, dass, wenn die beiden im ersten Zimmer miteinander schlafen, das zweite Zimmer frei sein muss. Sicherheitshalber lösche ich nun das Licht in Ulrichs Raum, dann schleiche ich zur zweiten Tür des Flures und öffne sie vorsichtig. Ulrikes Frequenzen nähern sich dem, was bei einem Flugzeug die Schallmauer ist. Aber erst, als ich die Tür zur Hälfte geöffnet habe, bemerke ich, dass das Stöhnen aus beiden Zimmern zugleich zu kommen scheint. Wie ist das möglich?

Wieder geschehen zu viele Dinge auf einmal:

In dem Moment, indem ich begreife, dass die beiden Zimmer durch eine offen stehende Türe miteinander verbunden sind, fühle ich das Handy in meiner Hosentasche vibrieren. Panisch greife ich hinein, denn nur zweimal vibriert es, dann beginnt laut und virtuos das *cis-moll Fantasie-Impromptu* von Chopin ... ich drücke noch in meiner Tasche irgendeine Taste des Handys und das Vibrieren hört zum Glück auf. Schnell ziehe den Apparat so heraus, dass das hell leuchtende Display verdeckt bleibt. Unterdessen schnauft und schreit Ulrike. Und dazwischen höre ich sie, Corinnas Stimme, verzerrt aus dem Handy krächzen:

„Sebastian? Was ist los? Was ist das, wer schreit da so? Hallo? Sebastian ... was ist da ...?"

In dem Moment, in dem ich endlich die Taste finde, um die Verbindung abzubrechen, erreicht

Ulrike mit spitzem Ruf die Überschallgeschwindigkeit. Unter wildem Herzklopfen schließe ich Tür und ziehe mich eilig auf die Matratze zu meinem Schlafsack zurück.

Das darf doch nicht wahr sein!

Ist heute denn alles verhext?

Sofort wähle ich Corinnas Nummer, die aber besetzt ist und während der nächsten fünfzehn Minuten besetzt bleibt.

In der sechzehnten Minute kann ich es nicht erneut probieren, denn da huscht Ulrike in mein Zimmer. Sie trägt ein weißes Nachthemd und setzt sich mit starrer Miene zu mir aufs Bett.

„Hör' mal, du perverses Schweinchen", beginnt sie, „ich mag das gar nicht, wenn du ins Zimmer kommst wenn ich gerade ... du weißt schon ... so richtig ..."

Bevor ich reagieren kann, fährt sie fort:

„Du musst gar nicht versuchen, das abzustreiten. Ich habe es ganz genau gemerkt ..."

Mit forschenden Augen schaut sie mich an.

Ihr jetzt von Wilhelm Tell zu kommen, wäre lächerlich.

„Ich habe gleich gemerkt", fährt sie fort, „dass du ziemlich ... scharf auf mich bist. Um ehrlich zu sein, gefällt mir das. Aber das berechtigt dich noch lange nicht, in das Zimmer zu schleichen, wenn ich ... wenn wir ... na, du hast ja mitbekommen ... oder?"

Ich schweige.

Nachdem ein paar Sekunden verstrichen sind, nicke ich. Sie fährt fort:

„Kann ja sein, dass ... hm ... aber jetzt musst du die Prüfung ... dann sehen wir in weiter ..."

Sie lächelt. Dann wird ihr wohl bewusst, dass ich noch kein einziges Wort gesprochen habe:

„Und?"

Ich zähle innerlich bis fünf und frage:

„Hast du einen Klavierauszug von Wilhelm Tell?"

Ihre Augen weiten sich vor Verblüffung. Dann lächelt sie plötzlich und steht auf:

„Klar."

Und an der Tür sagt sie:

„Liegt auf dem Küchentisch."

2.Tag

Tatsächlich, auf dem Küchentisch lag ein Klavierauszug von Rossinis *Wilhelm Tell*. Erleichtert stand ich davor, dann schnappte ich ihn mir, um mich bis vier Uhr morgens mit den endlosen Seiten zu beschäftigen. Müde, nervös, gereizt und mit brennenden Augen gab ich es endlich auf. Es war zu viel, zu lang. Meine einzige Chance würde sein, dass sie die Ouvertüre forderten, die immerhin hatte ich mir genau angesehen.

Nun stehe ich übermüdet und nervöser als gestern vor dem Raum, in dem auch heute die Prüfungen stattfinden. Was wird Wiehlich von mir denken, wenn ich mich wieder blamiere?

Was soll dann aus mir werden?

Meine Zukunft liegt in der Hand der nächsten Minuten. Hektisch gehe ich auf und ab und beiße mir auf die Lippen.

Es muss klappen.

Es muss!

Meine Finger fühlen sich klamm an und sind gleichzeitig steif wie getrocknetes Holz. Wie soll ich damit Klavierspielen? Meine Kehle ist trocken, obwohl mir der Schweiß auf der Stirn steht. Mit dieser widersinnigen Verteilung der Flüssigkeiten reagiert mein Körper auf den Druck, dem ich ausgesetzt bin.

Die Angst würgt mich.

„Wir schaffen das schon."

Professor Wiehlich steht plötzlich neben mir und legt beruhigend seine Hand auf meine Schulter:

„Als Dirigent müssen Sie Nerven zeigen. Machen Sie in die Hose, so oft sie wollen. Aber lassen Sie es sich nicht anmerken!"

Er nickt mir aufmunternd zu.

„Und jetzt kommen Sie! Vielleicht brauchen Sie ihre Freundin in ein paar Minuten nicht mehr auf dem öffentlichen Markt zum Tausch anzubieten", sagt er lächelnd. Dann geht er voraus.

Auch das noch. Wahrscheinlich gibt es keine Begegnung mehr ohne eine Anspielung auf mein geschmackloses Angebot am Schwarzen Brett. Es kann aber auch sein, dass dies ohnehin unsere letzte Begegnung ist. Ich hole noch einmal tief Luft, dann folge ich ihm mit entschlossener, kampfbereiter Miene in den fensterlosen Prüfungsraum.

„Da ist er wieder. Unser lieber Herr Corona!"

So empfängt mich mit spöttisch der Professor Hemmung-Tick. Heute allerdings sitzend.

Zitterten mir nicht die Knie, würde ich erwidern „wer hat der hat", denn als ich gestern in Ulrichs Lexikon über *Claude Debussy* las, kam mir in den Sinn, mich auch mit dieser *Corona* zu beschäftigen: Seine Bemerkung bezog sich tatsächlich auf meine gesund und zahlreich strotzenden Locken und deren Tendenz, störrisch in alle Richtungen von meinem Kopf abzustehen, wodurch eine Frisur entsteht, zu der ihm, dem werten Herrn Professor Tick, auch der größte Haarkünstler der Welt nicht mehr verhelfen könnte, denn ihn ziert eine fast vollständige Glatze. Aber ich schweige verkniffen und nehme meinen Platz einen Meter vor der Tischreihe wieder ein.

„Guten Tag", sage ich höflich.

„Guten Tag", drängelt sich Professor Tick vor.

„Auch heute wieder", fügt er giftig hinzu.

Wiehlich räuspert sich und es wird still. Heute stehe ich einer nur dreiköpfigen Kommission gegenüber, obwohl wie gestern fünf Tische aneinandergerückt sind. Neben Wiehlich und Tick sitzt dort der schwere Tenor, der mich durch eine Andeutung von wohlwollendem Nicken begrüßt.

„Guten Tag!" sagt nun auch Professor Wiehlich: „Ich habe Sie ein zweites Mal vor unsere Kommission gebeten, um Sie ein wenig besser kennen zu lernen. Sie haben bisher Klavier studiert?"

„Ja", antworte ich artig.

„Und, wie ich sehe ..." dabei sucht er in den Unterlagen nach den entsprechenden Blättern, „mit gutem Erfolg?"

Er schaut mich an.

Ich nicke bescheiden.

„Dass Sie über ein ausgezeichnetes dirigentisches Bewegungstalent verfügen, durften wir gestern erleben. Nun wollen wir Ihre musikgeschichtlichen und theoretischen Kenntnisse prüfen."

Während der nächsten zwanzig Minuten kann ich dank Professor Wiehlichs Hilfe mit meinem Wissen regelrecht brillieren: Nachdem ich mich im Leben und Werk Debussys als überaus firm erwiesen habe, wechselt er zu Brahms, zu Bruckner, schließlich zu Modest Mussorgsky, allerdings immer tastend, und erst als erfreuliches Wissen vorhanden ist, vertiefend.

Professor Tick, dem das zu missfallen scheint, mischt sich in das Gespräch ein. Mit schneidender

Stimme wirft er den Namen *Svendsen* in die Runde. Professor Wiehlich dreht sich langsam zu ihm um und hebt die Brille.

„Werter Herr Kollege. Was möchten Sie mit dieser Frage erreichen?" fragt er mit Ruhe. Nicht erst seit meiner Prüfung scheinen die beiden in einem nicht unkomplizierten Verhältnis zu stehen.

„Svendsen", melde ich mich dazwischen, und sogleich wendet Professor Wiehlich sich wieder zu mir, „ist in Deutschland nicht sehr bekannt und mein Wissen über ihn ziemlich begrenzt. Soviel aber weiß ich: Svendsen war ein dänischer Komponist der Spätromantik ..."

„... Norweger", wirft Hemmung-Tick ein.

„... also ein norwegischer Komponist der Spätromantik, ist wahrscheinlich um 1840 geboren und hat mindestens zwei Sinfonien geschrieben, die frisch, direkt und ohne brahmssche Schwere klingen. Ich weiß das, weil seine zweite Symphonie eine meiner liebsten skandinavischen Orchesterwerke ist, neben Sibelius' Erster. Er hat in Leipzig studiert und blieb auch sonst mit Leipzig verbunden. Als Dirigent, glaube ich."

Diesmal hebt Professor Tick die Augenbrauen nicht in die Höhe, im Gegenteil, er zieht sie zusammen und notiert mit so verfinsterter Mine etwas in seinen Unterlagen.

Wiehlich nickt mir anerkennend zu.

„Donnerwetter", bemerkt er, „von Ihnen kann man noch etwas lernen!"

Befreit atme ich auf. Ich bin, scheint mir, fast über den Berg.

„Kommen wir zur Gehörprüfung!"

Auch diesen Teil absolviere ich souverän. Das umso mehr, als ich niemandem verrate, dass ich mit einem absoluten Gehör gesegnet bin, die gestellten Aufgaben mir also gar keine Probleme bereiten können.

„*Santa Maria*", staunt der Tenor mit ausgiebig rollendem *R*, als ich sogar vierstimmige Akkorde leichthin zu bestimmen weiß.

„Wolle Sie *oggi* Note von die Blatt probieren?" fährt er fort, „*Prima vista?*"

Ich seufze, nicke. Sofort wird mir wieder beklommen, als ich auf den Flügel zugehe. Da sehe ich ihn wieder, den Klavierauszug, und tatsächlich, welch' Glück, es ist der *Wilhelm Tell*.

Die Ouvertüre ...

Ich atme tief, dann sage ich zu den, die ersten Töne erwartenden Herren:

„Also gut, heute riskiere ich es."

Es gelingt mir so verblüffend gut, das noch nie gehörte, nie gespielte, nur vom Notenbild her eingeprägte Stück vom Blatt zu spielen, dass ich absichtlich einige Ton- und Harmoniefehler einbaue, um es nicht völlig unverständlich werden zu lassen, warum ich gestern gekniffen hatte.

Nach den ersten beiden Seiten höre ich ein scharfes „Stopp!" und nehme erschrocken die Finger von den Tasten.

„Jetzt blättern Sie mal ein paar hundert Seiten weiter. Irgendwohin."

Natürlich ist es Professor Tick, der das fordert, dem meine drastische Verbesserung vermutlich verdächtig erscheint. Ich schlucke, blättere und sitze nun auf einer Seite völlig fremden, zum Glück aber nicht komplizierten Noten gegenüber, einer Arpeggio-Begleitung der linken Hand in Sechzehnteln. Zögernd beginne ich, den Reinfall, die Blamage und am Schlimmsten, die Bloßstellung Professor Wieh-lichs mit Schaudern erwartend.

Da geschieht ein Wunder: Schon nach weni-gen, schüchternen Takten meinerseits erkennt der dicke Tenor die Einleitung einer Arie, springt wie von der Tarantel gestochen auf, lacht hell und lässt sein Organ so schmetternd und heldisch frisch er-dröhnen, dass man von meinem kläglichen Klavier-spiel fast nichts mehr hört. Nach zweiunddreißig Takten bricht er juchzend ab und ruft:

„Wunderbar! Wunderbar! *Quella gioia*", wobei unklar bleibt, ob er damit die Arie, mich oder seine Stimme meint. Wahrscheinlich spricht er von seiner Erinnerung an glanzvolle Tage auf der Opernbühne. Ein Teil der Ehre fällt jedenfalls auch auf mich, denn er stürmt auf mich zu, reißt mich vom Hocker und schüttelt mir voller Herzlichkeit die Hand.

„Das wird eine große, eine sehr große Diri-gente!" ruft er glücklich.

Wiehlich klatscht seinem Kollegen lachend Beifall und nickt mir lobend zu.

Damit ist die Prüfung beendet. Auch diesmal verabschiede ich mich mit einer kleinen Verbeu-gung und höflichem Dank von der Kommission und verlasse mit unterdrückt tanzenden Schritten den Raum.

*

Wo ist die jubelnde Menge?

Wo knallen die Korken? Wem kann ich in die Arme fallen? Wer hebt mich auf seine Schultern und trägt mich durch das jubelnde Stadion?

Ich habe gewonnen! Ich habe gesiegt! Ich habe es geschafft! Ich bin der Größte, ich bin ein Held!

Aber welche innere Bremse hindert mich, mit jubelndem Juchzen die Arme in die Höhe zu reißen und zu brüllen:

„Ich hab es! Ich habe es! Heureka! Heureka!"

Stattdessen würge ich die Freude knirschend durch Adern und Venen, gebe neurotisch schnelle, knackend-verdruckste *Hi-hi-his* von mir wie ein verklemmter Idiot und hample durch die Gänge der Hochschule.

Das war es doch?

Oder?

Hätte irgendein Detail besser laufen können?

Nein!

Es war ein Sieg auf ganzer Linie, ein voller Sieg! Und es war die Rechtfertigung des Vertrauens, das Professor Wiehlich in mich gesetzt hat. Dazu ein Triumph über Professor Tick, den albernen Affen. *Svendsen* hat er gerufen, der knickrige Knödel, und *hundert Seiten weiterblättern* - aber ich, ich habe es ihm gezeigt!

Trotz meiner Freude ahne ich, dass ich in ihm einen hartnäckigen, unterirdisch agierenden Feind haben werde, wenn ich an dieser Hochschule mein Dirigierstudium aufnehme.

Werde ich?

Aber natürlich werde ich!

Ich werde!

Ich werde umziehen ...

Ich werde werden!

Meine Zukunft hat begonnen!

Ich werde eine große, sehr große *Dirigente!*

Und zuvor werde ich bei Professor Wiehlich, dem großen Professor Wiehlich, studieren, den ich in diesem euphorischen Moment nicht nur bewundere, sondern zutiefst verehre, ach, was sage ich, den ich liebe, er hat sich meiner angenommen wie nie ein Mensch zuvor, denn er hat meinen Trotz, meine Ablehnung, meine Eigenständigkeit zu würdigen gewusst, und das habe ich noch nie im Leben erfahren, Corinna weiß, was sie von mir wünscht, wie sie mich will, und sie beglückt oder straft mich, je nach dem, ob ich ihre Wünsche erfüllen kann, aber das ...

Corinna?

Was treibt denn *die* in meinen Gedanken?

Fort mit dieser lähmenden Vergangenheit, frisch hinein in die lachende Zukunft!

Ich komme am Schwarzen Brett vorbei und sehe, dass mein Zettel nicht unbemerkt geblieben ist: Ein anderes Blatt hängt Bezug nehmend daneben und da steht:

Tausche lahmen Studienplatz gegen schnellen Porsche.

Auf meinem Zettel lese ich den Kommentar:

Schick' sie in den Semesterferien zur Probe

„Welchen Zettel möchten Sie jetzt aufhängen?"

Ich fahre herum.

Er ist es.

Wiehlich.

Ich strahle ihn jubelnd an, aber er klopft mir bremsend auf die Schulter:

„Ruhe. Ruhe", murmelt er mahnend, „beruhigen Sie sich. Erfolge müssen für Sie in Zukunft etwas normales werden."

Er hakt sich ein und geht mit mir den Gang entlang.

„Das haben Sie eben außerordentlich schön gemacht. Ich bin stolz auf Sie und freue mich auf unsere Zusammenarbeit. Und nun wünsche ich Ihnen eine erholsame Sommerzeit. Aber prägen Sie sich ein: Für einen Dirigenten heißt *erholsam* nur, dass er ausnahmsweise nicht *zu viel* arbeitet. Gearbeitet wird immer, verstehen Sie?"

Ich nicke brav.

In diesem Moment hätte ich zu allem genickt.

„Sie bereiten für das kommende Semester den *Wilhelm Tell* für die Opernschule vor, denn ich kann ihnen eine kleine Stelle anbieten: Ab dem neuen Semester sind sie mein persönlicher Assistent. Das wird zwar nicht reichlich, immerhin aber doch etwas honoriert. Melden Sie sich diesbezüglich im Sekretariat. Nun also: Schöne Ferien und schönes Feiern. Bis September ... Und ..." fügt er lächelnd hinzu, „grüßen Sie Ihre Freundin."

Damit geht er.

Habe ich auch nur ein Wort gesprochen?

Nein. Keines.

Aber was hätte ich auch dazu sagen sollen, sagen können, überwältigt wie ich bin.

Ich habe den Studienplatz.

Ich habe ihn!

Und nicht nur das: Ich habe eine Stelle! Ich bin Assistent von Professor Wiehlich, Gott im Himmel, Assistent an der Musikhochschule Würzburg!

Was soll ich nur tun?

Den Kaffeeautomaten umarmen?

Den Boden küssen?

Die Wände liebkosen?

Es kommt besser, denn Ulrike kommt. Als sie mich sieht, stürzt sie mir entgegen, starrt mir mit aufgerissenen Augen ins Gesicht und ruft:

„Und? Und? Und?"

Da reiße ich endlich die Arme in die Luft und schreie so laut ich kann:

„Jaaaaaaaaa!"

Sie lacht, stürzt in mein Arme und vollführt mit mir einen Freudentanz, den ich unter anderen Umständen entsetzlich übertrieben gefunden und abgelehnt hätte, der aber jetzt ganz und gar meinem Zustand entspricht.

„Glückwunsch, Glückwunsch, Glückwunsch!" singt sie im Polkatakt unserer Schritte und küsst heftig und feucht meine Wangen: „Ich freue mich", trällert sie so laut, dass es die ganze Hochschule erfährt: „Ich freue mich für dich und für mich und für uns alle, denn du, du wirst ein großer Dirigent, du wirst ein Genie, ein Genie, ein Genie!"

Spätestens jetzt merke auch ich, dass sie mich wieder für einen ihrer Bühnenauftritte benutzt und werde schlagartig ruhiger.

„Ach, ich bin ja so froh", entschlüpft es mir schlicht und wahr. Dann seufze ich so tief, dass alle Angst und Anspannung der letzten Stunden aus mir gespült wird.

„Du reist aber heute nicht etwa schon wieder ab, oder?" fragt Ulrike, und mir ist, als ob ich in ihren Augen die Lust auf Künstlerbrause blitzen sehe. Ich überlege, meine Gedanken streifen Corinna dabei nur ganz flüchtig, dann sage ich mit voller Überzeugung:

„Also wenn ich noch eine Nacht bleiben darf, von mir aus sehr, sehr gerne!"

„Oh, das ist aber schön", tiriliert Ulrike, „Leo ist heute früh für drei Tage zu seinen Eltern gefahren. Wenn Ulrichs Bett also nicht frei sein sollte, kannst du bei ihm schlafen."

Und das sagt sie voll scheinbarer Unschuld, als wüsste sie nicht haargenau, dass ich die Verbindungstür zwischen den Zimmern bisher nur weit geöffnet kenne ...

*

Den Nachmittag verbringe ich in einem Park in der Nähe des Mains, und als ob die Sonne mich an diesem frühsommerlichen Nachmittag belohnen und feiern wollte, scheint sie mit allem, was sie hat und kann. Kein Wölkchen wagt es, sie zu stören. Mit ungehemmter Innbrunst toastet sie die Stadt und ihre blassen Bewohner, die nicht recht wissen, wie und wohin sie sich vor soviel Gunst retten sollen.

Ich sitze am Rand eines rechteckigen Platzes im Schatten einer jungen Linde und trinke an einem köstlichen Liter Milch. Vor mir plätschert ein Brunnen, er schickt seine Wasserstrahlen aus mehreren Fontänen und nach einem mir nicht erkennbaren Rhythmus aus dem Boden senkrecht in die Höhe - hoch, halbhoch - oder schaltet ab. Die bis zu zwei Meter hohen Wasserkaskaden glitzern im Sonnenlicht und bilden mit ihren urnatürlichen Formen von Sekunde zu Sekunde neue und immer neue Kunstwerke von unsterblicher Schönheit. In meinem hohen Glückszustand bin ich für blitzend aufsprudelndes Wasser empfänglich wie nie und betrachte das Spiel mit nicht nachlassender Faszination. So leicht und lebendig, so selbstverständlich und richtig, so schön ist das ... was wäre schöner, als in der Sonne glitzerndes Wasser?

Ich teste, ob mir zwanzig Adjektive einfallen, die die Schönheit des Wassers benennen. Aber da kommen zwei Kinder und lenken meine Gedanken ab: Wahrscheinlich sind es Brüderchen, etwa zwei und vier Jahre alt, der Große mit glattem braunen, der Kleine mit weichem, hellblondem Engelshaar. Sie nähern sich vorsichtig den Fontänen, und es dauert nicht lange, da tummeln sie sich juchzend und kreischend im immer wieder überraschend aufsprudelnden Nass, der mutige Größere dem zarten Kleinen immer ein wenig voraus.

Es ist eine Freude, ihnen zuzusehen, und ein Blick in die Runde zeigt mir, dass nicht ich allein bei diesem Anblick lächeln muss. Plötzlich weiß ich, was schöner ist als im Sonnenschein sprudelndes Wasser: Kinder, die sich ungehemmt, natürlich und frei von aller Bühneneitelkeit freudig darin tummeln.

Von den beiden angesteckt nähern sich andere Kinder, und nun beginnt das eigentliche, das wirklichste Leben, das ich mir vorstellen kann: Die juchzenden Spiele der Kinder, das fröhlich-freie Glück, die große Überraschung, wo die sprudelnde Fontäne, wenn man sie unten ins Kleidchen sprudeln lässt, oben wieder herauskommt. Das kreischende Rollen und Tollen, Lachen und Springen. Die Kinder sind so wahr und unmittelbar, direkt und unverfälscht, dass mir meine Siegesfreude plötzlich in ganz anderem Licht erscheint:

Während Kinder sich in einer Natürlichkeit wie die Sonne und das blitzende Wasser freuen, haben meine Gefühle etwas von 220 Volt Wechselstrom - es sind Halogenstrahlergefühle, kanalisiert, produziert, vor allem aber reduziert, verbunden mit trockenen Kehlen und schweißiger Stirn, mit Angstgestank und Druckgefühl im gequälten Magen. Während meine Freude eigentlich nur aus einer *Befreiung* von diesem Druck resultiert und rein zukunftsorientiert ist, erhebt und erlebt sich das Jauchzen der Kinder nur im Moment, ist uneitel und völlig wahrhaftig.

Nachdenklich schlürfe ich an meiner tagwarmen Milch.

Was hatte Wiehlich gesagt:

Machen Sie in die Hose, so oft Sie wollen. Aber zeigen Sie's nicht.

Und nach der Prüfung meinte er:

Ruhe. Sie müssen sich an Erfolge gewöhnen.

Handelten diese herrlichen Kinder nach Wiehlichs Empfehlung, säßen sie still und reglos auf den Bänken wie ihre nicht sehr beneidenswerten Eltern.

Und ich?

Will ich mich lieber im frischen Wasser tollen und aufs Neue das Jauchzen lernen, oder vor Angst in die Hose machen und dabei darauf achten, dass es niemand merkt?

Ein Kind rutscht aus. Es bleibt liegen wie ein gefallenes Bäumchen und weint. Sein Weinen ruft nach der Mama, es will gehoben, getröstet werden, während die übrigen Kinder den Zwischenfall ignorieren, weil sie spüren, dass nichts Schlimmes passiert ist. Das weinende Kind liegt auf einer Art Bühne, sein Schreien ist jetzt unecht, es fordert Hilfe und Bestätigung. Da fällt mir Ulrike ein, ihre nette, aber aufdringlich Reaktionen einfordernde Art. Die Mutter erhebt sich und tröstet. Auch ich stehe auf und stelle mich als einziger Erwachsener an eine der Fontänen. Das Wasser ist herrlich kalt und erfrischend.

Mein neunmalkluges Philosophieren über Lüge und Wahrhaftigkeit hilft mir allerdings nicht bei meinem nächsten Problem:

Wann rufe ich Corinna an? Und was soll ich ihr sagen? Wie erkläre ich das orgiastische Frauengeschrei der letzten Nacht mitsamt meinem plötzlichen Auflegen?

Soll ich ihr die Wahrheit sagen?

Nein. Die Wahrheit glaubt sie niemals.

Die klang bis zu dem Moment, als Ulrike und ich uns im Flur zum zweiten Mal trafen, schon ziemlich unwahrscheinlich. Corinna hat es mir bis dahin noch geglaubt. Wenn ich ihr jetzt mit Klavierauszügen und offenenstehenden Zwischentüren komme, glaubt sie kein Wort mehr. Ich stelle mir vor, wie ich das erzählen würde ... nein, unmöglich.

Welche Alternative gibt es?

Ich behaupte, Ulrich und Leo hätten gerade einen Film geguckt ... Unsinn. Oder Ulrike hat sich verletzt. Ja, das ist besser: Sie ist betrunken vom Sekt im Flur gestürzt. Das Geschrei war nicht orgiastisch, sondern sozusagen medizinisch motiviert. Hm ... Immerhin war diese Idee schon besser, funktioniert aber nicht, denn sobald Corinna und Ulrike sich begegnen, wird alles auffliegen. Es gibt auch die Möglichkeit, dem Problem mit offensivem Lügen zu begegnen, indem ich Corinna anrufe und mich entschuldige: Ja, ich habe mit Ulrike geschlafen. Ja, leider, aber es war fantastisch, ich gebe es zu ... Als mir bewusst wird, dass Corinna mir auch das nicht ohne weiteres glauben würde, muss ich schmunzeln. Allein die Tatsache, dass ich es offen zugebe, würde sie skeptisch stimmen.

Was bleibt mir?

Nichts.

Egal, welche Erklärung ich liefere, ich wäre unglaubwürdig. Aber sie hat Recht: Seinen Freund anzurufen und dann einem kreischenden Bühnenorgasmus lauschen zu müssen, das ist so unglaublich, dass man dahinter einen Witz vermuten muss.

Einen Witz?

Ein schlechter Spaß im Überschwang?

Eine frohe Sekunde lang meine ich, damit die Lösung gefunden zu haben. Im Verlauf der zweiten schon werden mir zwei Haken klar: Erstens müsste Ulrike dabei mitspielen, zweitens ist der Witz für mich zu drastisch, es wäre unverkennbar nicht meine Art.

Und doch die Wahrheit sagen?

Tatsächlich scheint in diesem Fall die komplizierte Wahrheit noch am wahrscheinlichsten.

Seufzend nehme ich mein Handy und wähle ihre Nummer. Ich muss es hinter mich bringen und anschließend auch noch ankündigen, dass ich eine weitere Nacht in Würzburg bleibe. Während ich die lang vertraute Nummer tippe, denke ich stirnrunzelnd daran, dass Ulrike mich eingeladen und hinterher beiläufig bemerkt hat, dass Leo gar nicht da ist ...

Da ertönt das Freizeichen.

Ich drücke mir selbst die Daumen.

Zu meiner Verwunderung hebt niemand ab. Nach dem üblichen viermaligen Läuten springt der Anrufbeantworter an und Corinna bittet in einem gängigen Spruch um eine Nachricht, sie rufe *gegebenenfalls* zurück.

Ist sie nicht da? Schmollt sie nur?

Natürlich. Sie schmollt.

Es genügt seltsamerweise die Zeit ihrer letzten fünf Ansageworte, vier Sekunden, mehr sind es nicht, um meinen bisherigen Plan nicht nur zu verwerfen, sondern einen neuen auszuhecken, zu prüfen und anzunehmen. Wie eine Neujahrsrakete hat der mir soeben das Hirn erhellt:

Der Anrufbeantworter piept.

„Corinna! Fantastisch! Ich habe den Studienplatz! Ich habe ihn! Und nicht nur das. Ich werde Assistent von Professor Wiehlich in der Opernschule! Ich bin so glücklich! Küsse! Ich liebe dich!"

Klick.

Das war es. Das war mein Plan.

Er funktioniert so:

Ich war es nicht. Ich weiß von nichts. Wie, du mich gestern noch mal angerufen?

Orgasmusschreie?

Was? Sag mal, spinnst du jetzt? Da musst du dich verwählt haben!

Corinna besitzt ein schönes altes Telefon, zwar kein schwarzes Vorkriegsmodell aus Bakelit oder so, immerhin aber einen Apparat aus den 1990er Jahren ohne Display, Rufnummernanzeige, Speicherplätze und ähnlichen Schickschnack. Sie hat meine Nummer also noch ordentlich auf dicken Tasten getippt und sich dabei offenbar geirrt, was ja mal passieren kann an so einem verwirrenden Abend mit Norbert im Kino.

„Vielleicht", werde ich grinsend sagen, „hast du aus Versehen Norberts Nummer gewählt? Also ich weiß von nichts." Und dann erzähle ich überschäumend von meinem heutigen Erfolg und behaupte, morgen ein WG-Zimmer ankucken zu

können, um damit meinen um einen Tag ver-
längerten Aufenthalt zu begründen. Aufatmend setze ich mich wieder auf eine Bank, lehne mich zurück und schaue wieder zu den in unvermindertem
Glück quietschenden Kindern.

Was hatte ich vorhin noch nettes über die
heilige Wahrhaftigkeit philosophiert? Ich fühle mich
von einem lastenden Lügengebäude um mich wie
erdrückt. Und das ausgerechnet an diesem herrlichen Glücks- und Feiertag. Missmutig springe ich
auf und stürze mich unter das reinigende Wasser
der Fontänen.

*

Als ich erfrischt und etwas rein gewaschen an
meinen Platz zurückkehre, finde ich ohne Überraschung die Ankündigung einer SMS auf meinem
Handy. Bestimmt hat Corinna es sich überlegt und
will doch Kontakt mit mir aufnehmen. Gespannt öffne ich die Nachricht und bin doppelt überrascht als
ich lese:

*Komm so schnell es geht zum jean bart wo du
mit wiehlich warst dringend sofort*
Ulrike

Was ist das?

Was soll ich dort?

Was mich eigentlich am meisten irritiert: Woher hat Ulrike meine Handynummer? Ich überlege
kurz, drücke auf *Antwort* und schreibe:

Komme

Dann mache ich mich neugierig auf den Weg. Wahrscheinlich steckt eine ihrer lauten Verrücktheiten dahinter. Ja, vielleicht möchte sie mir nur auch in diesem Ambiente unüberhörbar um den Hals fallen. *Lauthals* nennt man das ja auch.

Das frohe Kinderjauchzen verklingt in meinem Rücken, ich verlasse den Park durch ein eine Quinte aufwärts quietschendes Törchen und tauche ein in den grollenden Großstadtverkehr. Auf überhitztem Asphalt stehen Autos in langen Büroschlussschlangen. Erschöpfte, entnervte Gesichter hinter den Scheiben schauen mir feindlich entgegen, als ich vom Glück des Tages getragen leichtfüßig über Begrenzungen und Straßen springe. Ob diese in ihre Autos gesperrten, verdrießlichen Menschen auch einmal an der Pforte ihrer Zukunft standen und so glücklich waren wie ich es im Moment bin?

Als ich endlich in die Nebenstraße einbiege, in der das Café liegt, sehe ich Ulrike schon bei der Arbeit: Heute stehen acht Tische vor dem Lokal, alle sind besetzt, bunte Schirme spenden Schatten. Ulrike ist zu beschäftigt, um mich zu bemerken. Erst als ich ihr auf die Schulter tippe, registriert sie mich:

„Moment! Nicht jetzt!" herrscht sie mich an, als wäre nicht sie es gewesen, die etwas von mir wollte. Ich lehne mich gegen eine Wand und beobachte sie. Wie eine Akrobatin turnt sie zwischen den Tischen, nimmt hier eine Bestellung, dort das Geld entgegen, während sie nebenher noch freie Tische räumt und wischt. Sie macht das äußerst geschickt. Als sie mit einem beladenen Tablett ins Café wankt, winkt sie mir mit den Augen, ihr zu folgen. Ich nehme die Hände aus den Taschen und betrete zum ersten Mal das erstaunlich geräumige

Innere des Cafés. Aufatmend setzt sie das Tablett ab und wischt sich die Stirn.

„Gut, dass du kommst", stöhnt sie, „du musst mir helfen, bitte, bitte! Komm' mit!"

Verwundert folge ich ihr durch die Küche in ein sich daran anschließendes, kleines Bürozimmer.

„Darf ich vorstellen: Das ist Sebastian", sagt sie mit einer dem Raum angemessen verkleinerten Operngeste auf mich weisend.

„Aha", sagt ein gewaltig großer, schwitzender Mann hinter dem Schreibtisch.

„Ich hatte keine Zeit, ihm zu sagen, worum es geht. Ich ersticke in Arbeit und muss auch gleich wieder raus."

Verzweifelt dreht sie sich wieder in Richtung Ausgang:

„Die Leute reißen mich in Stücke, wenn ich nicht gleich wieder da bin."

„Geh nur, Kleines, ich weise deinen Sebastian in seine Pflichten ein."

Er grinst, wobei seine Gesichtsmuskulatur allerhand Speck in Bewegung setzen muss. Ulrike klopft mir flüchtig auf den Unterarm und huscht wie eine Katze durch die Küche zurück in die Hitze.

„So, mein Junge", sagt der Dicke und ächzt auf seinem Stuhl, als wäre schon das Sitzen anstrengend für ihn. „Zunächst eine Bitte: Mach' den Ventilator an und richte ihn auf mich! Ah! Ja, so ist's gut. Ah!"

Er öffnet einen Knopf seines verschwitzten Hemdes:

„Du weißt von nichts."

Obwohl das keine Frage war, schüttle ich neugierig den Kopf – dabei wäre es vielleicht logischer gewesen, bestätigend zu nicken.

Der dicke Mann saugt neue Luft in seinen gewaltigen Leib.

„Das liebreizende Mädchen, deine kleine Ulrike, hat dich empfohlen ..."

Das war wieder eine Feststellung, zu der ich allerdings weder nicken noch den Kopf schütteln kann. Ich warte auf sein nächstes Einatmen und frage mich unterdessen, ob der arme, viel zu schwere Mann bei seinem ungesunden Körpergewicht diesen Sommer überleben wird. Wenigstens bräuchte er bei seiner Leibesfülle einen größeren Stuhl.

„Hast du schon in einem Café gearbeitet?"

Diesmal schüttle ich den Kopf.

„Nein?"

Ich schüttle erneut, allerdings langsamer, als gäbe es einen Rest Zweifel an meiner Verneinung.

„Die kleine Ulrike bricht fast zusammen da draußen. Sie braucht Hilfe, verstehst du, und ich ... ich ..." hilflos fuchteln seine kurzen Arme zwischen dem Sessel auf dem Schreibtisch herum, „erreiche sonst niemanden ..."

Er schaut mich an. Ich nicke: Hab' das Problem begriffen.

Langsam atmet er ein.

„Ich zahle dir sieben Euro die Stunde. Heute hilfst du ihr bis ... hm ... bis ..." er schaut auf eine verschwindend kleine Armbanduhr an seinem fetten Handgelenk, „sagen wir bis sieben. Und wenn du es gut machst, engagiere ich dich im ..."

Hier geht ihm die Luft aus.

Sein Einatmen nutze ich zum Nachdenken. In einem Café arbeiten? Ja, warum nicht? Auch das ist eine neue Erfahrung. Und das Geld kann ich allemal brauchen. Außerdem habe ich Lust. So werde ich Dirigierstudent, Assistent und Kellner an einem Tag ...

„... neuen Semester wöchentlich ein paar Stunden", fährt er fort, als er endlich Luft geholt hat. „Gehen so viele aus der Stadt weg, Studium fertig", sagt er in Kurzform, wohl um Luft zu sparen, und schaut mich fragend an.

„Klar!" sage ich kurz und lächle entschlossen: „Wer weist mich ein?"

Er hoffentlich nicht. Das könnte lange dauern.

„Das macht die Kleine, Ulrike."

Dann lächelt er erleichtert und stöhnt mehr, als dass er es sagt: „Prima, bist ein feiner Junge!"

Ich lächle amüsiert. Er ist so gewaltig und hilflos zugleich.

„Dann leg' ich wohl mal los!" sage ich. „Bis um sieben dann."

„Bis um sieben!"

Es klingt wie ein Stoßseufzer.

*

Um neunzehn Uhr hat sich das Café endlich geleert und ich bin um eine Erfahrung reicher. Mir schmerzen die Füße vom nur zweistündigen Stehen und Laufen, die Arme vom Tragen hunderttausender Tassen. Der Kopf schwirrt von all den Zahlen und Additionen. Und meine Hände haben noch nie so viel Geld berührt, wie in den letzten zwei Stunden. Es kommt mir fast vor, als hätten die vielen Münzen meine Fingerabdrücke abgeschliffen. Als ich die Kuppen durch Pusten kühle und der die Einnahmen errechnenden Ulrike meine Sorgen schildere, lacht sie und schiebt mir ein Stempelkissen zu.

„Probier's doch mal", sagt sie und scheint tatsächlich neugierig zu sein, ob es stimmt.

Ich tippe Zeige- und Mittelfinger auf das Kissen und drücke sie auf den Rand einer Zeitung.

„Noch alles da", lacht Ulrike. Dann wird sie ernst und schaut sich die Abdrücke genauer an: „Mensch, wie ordentlich deine Fingerabdrücke sind. Schau mal: Wie parallel. Wie schön!"

Sie schaut mich an, als wäre ich ein Künstler und hätte sie selbst gestaltet:

„Kann man darin die Zukunft lesen?" fragt sie.

„Wohl kaum, denn sonst bliebe die Zukunft ja immer gleich ..."

„Bleibt sie doch auch. Oder meinst du etwa, du hast drei verschiedene Zukünfte? Schon das Wort gibt's ja gar nicht!"

„Also, ich jedenfalls habe seit heute eine neue Zukunft", behaupte ich fröhlich.

„Vielleicht war das vorherbestimmt", gibt sie zu bedenken und schaut ernst in die Weite.

„Ja, vielleicht", seufze ich gleichgültig.

Sie beugt sich wieder über die Abdrücke, ich schaue über ihre Schulter.

„Also, wenn das meine Zukunft wäre", murre ich in ihr kleines Ohr, „wäre sie mir zu ordentlich!" Dabei denke ich an die Autofahrer im Feierabendstau: „So will ich niemals leben. So parallel und angepasst."

„Aber mit elegantem Schwung", gibt Ulrike zu bedenken, „schau, wie schön sich das windet und wirbelt."

„Weißt du was", witzle ich, „wir treffen uns in hohem Alter wieder, dann erzähle ich dir, wie's war."

„Nein", widerspricht sie und stupst mit dem Finger schelmisch die Spitze meiner Nase, „heute Abend sehen wir uns wieder ...“

„Ach, ja richtig", spiele ich durchsichtig den Vergesslichen, „apropos: Wo hast du eigentlich meine Handynummer her?"

Sie grinst.

„Tja, nicht wahr ...?“

„Und die Antwort?"

„Bleibt hier oben", sagt sie und tippt mit dem Finger auf ihre Stirn.

„Ach bitte, sag' es mir doch!"

„Keine Bitten, erst will ich Dank."

„Dank", frage ich überrascht, „wofür?"

„Wofür, wofür?" entgegnet sie empört: „Für die Stelle als Kellner, war doch nett, dass ich dich empfohlen habe, oder?"

„Ach so, ja, das war wirklich prima, danke", sage ich. Ich meine es trotz schmerzender Füße ehrlich: „Warum hast du eigentlich nicht Leo vorgeschlagen?"

„Der gehört schon zu unserem Team."

„Und Ulrich?"

Sie lacht spöttisch auf:

„Der würde so was niemals tun", sagt sie, wobei sie das Wort *niemals* wie einen endlosen Kaugummi dehnt. Dann wendet sie sich wieder der Abrechnung zu.

Ich warte.

„Vierundzwanzig Euro Trinkgeld", ruft sie stolz und zeigt mir den glitzernden Münzenhaufen in ihrer Hand, „fantastisch, oder? Und wie viel hast du bekommen?"

„Trinkgeld?" frage ich verdattert: „Ich habe nicht darauf geachtet ..."

Ulrike kann es nicht fassen. Es macht sie beinahe wütend, dass das hart erarbeitete Trinkgeld in die Einnahmen des Besitzers fließen soll.

„Weißt du was? Du bekommst die Differenz."

„Differenz? Schmeckt das wie Pfefferminz?"

„Warte!"

Voller Eifer wendet sie sich wieder den Berechnungen zu:

„35 Euro ..."

„35 Euro? Das ist doch toll!"

„Hm ..."

Nachdenklich kratzt sie sich die Schläfe. Ich sehe ihre Enttäuschung und ahne, dass sie Wert darauf legt, mehr Trinkgeld als ich erhalten zu haben.

„Bestimmt habe ich oft falsch herausgegeben", relativiere ich das Ergebnis, „komm, wir teilen."

Sofort hellt sich ihre Miene auf. Sie ist einverstanden, steckt sich 18 Euro in die Tasche und murmelt zufrieden die Zahl 42 vor sich hin.

„Wir gehen", sagt sie dann.

„Warte, ich will mich noch vom Chef verabschieden und meine Gage kassieren.

„Gehalt", verbessert Ulrike streng, „wenn du willst auch: Verdienst, Knete, Zaster oder Schotter. Aber sag niemals Gage dazu. Das ist etwas ganz anderes. Gage kassieren Künstler."

Ich nicke ihr zu und gehe durch die schmale Küche zum Büro.

Es ist leer. Wo ist Jean Bart?

Wie ist es ihm gelungen, aus dem Stuhl und hinter dem Schreibtisch hervorzukommen? Ein wahres Zirkuskunststück. Auf dem Schreibtisch sehe ich einen Zettel und lese:

Für die Aushilfe - gut gemacht Junge

Darunter finde ich einen gefalteten 20 Euro-Schein. Als ich ihn erfreut an mich nehme und einstecke, sehe ich einen zweiten, kleineren Zettel:

Handynummer notieren

Ich ignoriere die Aufforderung, das hat Zeit bis zum neuen Semester, stelle den einsam arbeitenden Ventilator ab, der sich seufzend entspannt und verlasse humpelnd das Café.

Auf der Straße wartet Ulrike:

„So, und nun wird gefeiert."

Sorgfältig schließt sie das Café und wirft den Schlüssel in den Briefkasten. Jean Bart scheint ihr umfassend zu vertrauen.

„Lass' uns ein köstliches Essen brutzeln, das schaffen wir auch ohne Leo."

Sie will sich einhaken, aber ich lehne ab.

„Na, hör mal", sage ich und klimpere provozierend mit den Münzen in der Tasche, „jetzt wird gefeiert, das stimmt, aber richtig. Jetzt gehen wir essen! Immerhin war das ein richtungsweisender Tag in meinem Leben. Vierzig Euro ärmer will ich sein, wenn wir heute im Morgengrauen schlafen gehen."

„Das ist super", jubelt sie und greift um mich tanzend nach meiner Hand, „denn ich gehe mal davon aus, dass das eine Einladung sein soll!"

„Aber selbstverständlich, bis ich vierzig Euro ärmer bin, wird geschlemmt und gesoffen!"

Ulrike legt den Kopf schief und bemerkt lakonisch:

„Na ja, bei vierzig Mäuschen werden wir nicht auf allen Vieren nach Hause kriechen ..."

„Das hoffe ich."

„Zumal", setzt sie wieder an, „ich gerne noch eine Freundin anrufen würde ..."

„Eine Freundin?"

„Ja ..."

„Und dazubitten?"

„Ja ..."

„Aber klar. Immer her damit, dann wird der Gürtel eben ein bisschen enger geschnallt. Oder wir essen Fritten und trinken Cola wie Teenager."

Zum Telefonieren entfernt Ulrike sich einige Meter. Nach kurzem, gestenreichem Wortwechsel, einem prüfenden Blick auf die Armbanduhr und mehrmaligem Nicken, kommt sie zurück:

„Alles klar", sagt sie, „Malina kommt."

„Malina", wiederhole ich lansam, als ob ich ein Stück Schokolade kostete, „ein schöner Name. Und wer bitte ist das, Malina?"

„Mezzo."

„Aha, Mezzo ..."

Ulrike nickt.

Weil ich keine Ahnung habe, was dieses Wort bedeuten soll, vermute ich:

„Malina ist also eine Freundin aus Limonade mit Cola, oder?"

„Mensch, Holzkopf, nein, sie *ist* ein Mezzo."

„Hm, also *isst* sie die Limonade?"

„*Ist*, nicht *isst*."

„Ach so, verstehe, also *ist* sie ein Mezzo ..."

Ich denke nach:

„Heißt das, sie kommt aus Mezziko?" scherze ich und Ulrike lacht.

„Du bist wirklich so blöd, oder?"

Ich nicke hilflos. Dann hebe ich ihr die Handflächen entgegen:

„Jetzt weiß ich es! Mezzo ist eine Abkürzung!"

„Genau", sagt Ulrike, „jetzt hast du's endlich.

„Es bedeutet *Mädchen mit Zopf.* Aber dann bist auch du ein Mä-Zo!"

Ich glaube, Ulrikes Lachen ist echt, obwohl man sich bei ihr nie sicher sein kann. Vielleicht weiß sie selbst nicht genau, wie ehrlich sie ist. Egal. Ich jedenfalls genieße es, heute Abend den Spaßvogel zu spielen.

„Mezzo", erklärt mir Ulrike, „ist eine Stimmlage. Malina ist ein Mezzosopran. Das bedeutet: Nicht so hoch wie ein Sopran, aber auch nicht so tief wie eine Altstimme."

„Aha", zeige ich mich gelehrig, „ein weiblicher Bariton, könnte man sagen."

„Du bist zwar dumm", gibt Ulrike kess zurück, „aber lernfähig. Und ein lustiger Vogel ..."

Sie hakt sich ein und zieht mich voran. Mir ist egal wohin wir gehen, ich fühle mich wohl an diesem Abend.

„Hast du das in meinem Fingerabdruck gelesen?" knüpfe ich den Faden wieder an.

„Ja", gibt sie zurück. „Und noch manches mehr", fügt sie geheimnisvoll hinzu.

Es dauert nicht lange, da entreißt mir Ulrike ihren Arm und winkt wild.

„Malina, hallo Malina", ruft sie mit einer Stimme, die die künftige Sängerin nicht verleugnet. Ja, mehr als das, mit einer Prise Vibrato wäre es reinster Operngesang. Aber trotz aller Stimmkunst kommt sie gegen den Großstadtlärm nicht an, wenn sich auch alle Passanten in unserer Nähe nach der Quelle der fremdartigen Kunstlaute umdrehen.

„Komm, los, das ist sie", sagt sie überflüssigerweise und reißt mich mit sich, als gelte es, ihre jahrelang verschollene Zwillingsschwester zu begrüßen.

„Malina, hier sind wir!"

Ich beobachte, wie Malina Ulrike erkennt.

Skeptisch verengen sich ihre Augen, als sie Ulrike mit fliegendem Pferdeschwanz auf sich zugaloppieren sieht. Fast sieht es so aus, als müsste sie einem Impuls, auszuweichen, widerstehen. Dann landet Ulrike mit heftigem Stoß in ihren Armen.

Ich nähere mich langsam und warte.

„Das ist Malina", erklärt Ulrike voller Stolz und hält deren dunklere Hand umschlossen. „Malina", fährt sie mit feierlichem Unterton fort, „das ist Sebastian ..."

Sie sagt das, als stellte sie der Mutter ihren Verlobten vor. Ich lächle harmlos und sage:

„Hi, Malina."

„Hallo, Sebastian."

„So und nun kommt, ihr zwei beiden Hübschen. Jetzt wird gefeiert!"

Mich an der einen, Malina an der andern Hand nehmend, zieht sie uns mit sich fort und trällert mit heller Stimme:

„Hat man nicht auch Gold daneben,
kann man nicht recht glücklich sein.
Traurig schleppt sich fort das Leben
Mancher Kummer stellt sich ein ..."

*

Nachdem wir über eine halbe Stunde kreuz und quer durch die Altstadt gezogen sind, bleibe ich trotzig vor einer Pizzeria stehen:

„Sagt mal, wonach suchen wir eigentlich? Seit Stunden bin ich herumgelaufen, erst im Café und jetzt in der Stadt. Mir tun die Füße weh. Ich habe Hunger. Es reicht mir langsam!"

Achselzuckend schaut Ulrike zu Malina:

„Ich wollte ihm nur ein bisschen die schöne Altstadt zeigen. Immerhin wird er hier die nächsten Jahre leben."

„Ach was?" fragt Malina und schaut mich an.

„Ich erzähle euch mein ganzes Leben, wenn ihr das unbedingt wollt", seufze ich, „aber erst im Sitzen und mit mindestens einer Pizza im Bauch."

„Vorsicht, damit droht er nicht zum ersten Mal", wirft Ulrike schnippisch ein.

„Womit?" fragt Malina

„Mit seiner Lebensgeschichte ..."

„Sorry, aber wir fangen schon wieder an, zu diskutieren, statt endlich Essen zu gehen", beharre ich auf meinen Bedürfnissen, „ich habe Hunger!"

„Du wirst uns doch nicht im Ernst in diese schrammelige Pizzeria einladen wollen an so einem Tag, oder?" protestiert Ulrike mit verkniffenem Gesicht und schaut angeekelt auf die Tür. Wenn sie nicht bestimmen darf, dann wird sie richtig giftig, denke ich und lasse es mir eine Warnung sein.

„Wer redet denn von dieser Pizzeria? Ich bleibe prinzipiell stehen und frage noch mal: Wohin gehen wir?"

Malina kichert:

„Ihr hört euch an wie ein Paar, das seine besseren Tage hinter sich hat."

„Falsch", verbessert Ulrike, „wir haben unsere besseren Tage noch vor uns. Wir üben noch."

„Ach so", schmunzelt Malina, „na, es klingt jedenfalls schon vielversprechend."

„Schluss jetzt", sage ich entschieden.

Die beiden schweigen und schauen mich an.

„Also: Nachdem ich der Grund zum Feiern bin und einlade, bestimme ich, wohin wir gehen."

„Aber", unterbricht Ulrike mich sofort, „du kennst dich hier doch gar nicht a ..."

„Ruhe!" donnere ich mit gespielter Autorität: „Folge mir, wer Hunger hat."

Ich sage es und gehe in die Richtung, aus der wir gekommen waren. Beide folgen, Ulrike flüstert:

„Ja, Papa."

Ich drehe mich um:

„Hab' ich da ein falsches Wort gehört?"

„Nein, Papa."

Nach paar hundert Metern erreichen wir ein asiatisches Restaurant, das mir vorhin schon ins Auge gefallen war. Ich öffne die Tür:

„Bitteschön", sage ich ganz Kavalier, „die Damen zuerst."

„Falsch", widerspricht Ulrike, „laut Knigge betritt der Herr die öffentlichen Räume zuerst."

„Ach was?" frage ich und bin von ihrer Besserwisserei genervt, aber mir fällt keine passende Antwort ein. Malina entschärft die Situation, indem sie vorausgeht.

„Danke, mein Herr", sagt sie.

„Bitte."

Mit leichter Verbeugung folge ich ihr und lasse die Türe gleich hinter mir aus der Hand, so dass Ulrike sie auffangen und eigenhändig öffnen muss. Das wird ihr nicht gefallen, befürchte ich.

So ist es. Als Malina und ich uns nach einem Tisch umschauen, bemerken wir, dass Ulrike uns nicht ins Restaurant folgt.

„Oh nein", stöhnt Malina mit dunkler Stimme: „Sie ist ein prima Kerl, aber unerträglich kindisch."

Ich zucke ratlos mit den Achseln.

„O.k.", sagt sie und reicht mir ihre Tasche, „ich kümmere mich darum. Und du überlegst dir schon mal eine gute Entschuldigung ..."

„Entschuldigung?" fahre ich auf, „wofür?"

„Egal," seufzt Malina, „für irgendwas."

Ich atme aus und nicke.

„Zwei Persone?" mischt sich ein höflicher Asiate mit freundlichem Lächeln in unser Gespräch.

„Ja. Nein. Das heißt: Wissen wir noch nicht ..."

„Wissen noch nicht?" fragt er verwundert und nickt eifrig.

„Ja", bestätige ich und schaue mich nach einem geeigneten Tisch um, „vielmehr nein. Moment noch bitte ..."

„Moment noch ... ? Gerne ..."

Verbindlich lächelnd bleibt er neben mir stehen, so dass ich mich genötigt fühle, ihm unsere Situation genauer zu erklären:

„Wir haben eine Freundin unterwegs verloren", sage ich. Diese Erklärung lässt den Fall allerdings eher undurchsichtiger werden:

„Freundin verloren", wiederholt er stirnrunzelnd. Dann, als ob er plötzlich verstünde, lächelt er und fragt:

„Polizei holen?"

„Nein, nein, meine Freundin holt sie schon."

„Ah ...", lacht er glücklich, „Freundin holen Freundin, sehr gut, sehr gut, glückliche Mann. Ich eine Freundin haben ..."

„Aha", sage ich.

Wenn der dicke Jean Bart aus Lehm bestünde, könnte Gott stattdessen sechs bis sieben solcher Wirte daraus kneten.

Inzwischen ist eine gute Minute verstrichen. Der Asiat runzelt bedächtig die Stirn und schaut mitleidig an mir hinauf:

„Beide Freundinin weg", stellt er traurig fest. Dann fügt er tröstend hinzu: „Iss normal. Ich habe au eine schön Tisch für Mann ohne viel Freundin."

Ich muss lächeln. Im Grunde hätte ich gegen diese Alternative gar nicht viel einzuwenden. Nicht erst das Wort Freundin hat mich an Corinna erinnert: Immer wieder im Lauf des Tages habe ich an sie gedacht und mich gefragt, wie sie meinen Anruf wohl aufgenommen hat. Manchmal hat sich sogar so etwas wie Sehnsucht in mir geregt.

Es ist so schwer, zu sagen, was das sein soll, Liebe. Jedenfalls ist es nichts Starres, soviel ist sicher. Kein Gefühl, das man besitzt wie ein Bild.

Liebe wandelt sich, gedeiht, vergeht. Viele Umstände sind im Spiel und rühren im Topf des Lebensglücks. Auch in meinem Leben rühren sie:

Die Türe öffnet sich und beide kommen herein, Malina zuerst, die deutlich schmollende Künstlerin Ulrike fest an der Hand.

„Da sind die Freundin", lacht der Kellner und schaut jetzt mit Hochachtung zu mir hinauf.

„Alle Wetter", staunt er, ein Ausdruck, den ich nicht von ihm erwartet hätte.

Malina nickt mir zu, um mich daran zu erinnern, was ich versprochen habe. Als Ulrike mit ablehnend gesenkten Augen vor mir steht, sage ich mit knirschenden Zähnen:

„Tut mir leid, n'schuldigung."

Ich hoffe, dass sie nicht fragt, was ich damit meine. „Nichts“, wäre meine Antwort, „ich sage das nur, weil ich vermute, dass du es brauchst.“

Aber sie schweigt zum Glück.

Dass sie sich hat überreden lassen, umzukehren und sich doch von mir zum Essen einladen lässt, ist wohl genug Zeichen, dass sie mir verzeiht.

„Drei Person, bitte gerne, hier lang“, freut sich der Chinese und geleitet uns zu einem schönen Platz: „Unsere schönste Platz“, sagt er und schiebt die Stühle zurecht

Nach etwas suchendem Hin und Her sitzt Malina neben Ulrike, ich meinen Gästen gegenüber.

Auch der Kellner findet das gut so:

"Hil der Mann. Da die Freundinnin", lacht er und springt davon.

Ulrike verdreht die Augen:

„Was hast du dem denn erzählt?“ fragt sie mit streitlustig funkelnden Augen.

„Nichts“, antworte ich schnell, „was sollte ich ihm erzählt haben?“

„Der redet so komisch ...“

„Ruhe, Kinder“, mischt sich Malina ein, „jetzt wird gefeiert.“

„Ach ja, richtig, gefeiert wird“, sage ich böse, bekomme aber einen mahnenden Blick von Malina. Da kommt der Kellner mit einem Tablett.

„Von Haus“, sagt er glücklich und stellt drei schlanke Gläser mit perlendem Inhalt auf unseren Tisch: „Und hier Karte.“

Wir schnuppern neugierig an den Gläsern, und, dem Schicksal sei Dank, es ist chinesische Künstlerbrause. Ich lächle Ulrike versöhnlich zu und hebe ihr mein Glas entgegen:

„Also ein für allemal Frieden? Ich freue mich, mit euch zu feiern."

„Auf dich", sagt Malina und stößt mit mir an.

„Auf deine Zukunft", sagt Ulrike.

Wir trinken und spülen schon mit den ersten Schlucken die unguten Gefühle herunter.

Nachdem die fernöstliche Künstlerbrause getrunken und über unsere leeren Mägen fast zeitgleich und unverdünnt in den Blutkreislauf eingedrungen ist, steigt die Stimmung am Tisch zur sichtbaren Freude auch des uns engagiert umsorgenden Chinesen.

„Und nun deine Lebensgeschichte", fordert Ulrike fast ohne Ironie.

„Meine Lebensgeschichte kann ich nicht erzählen, denn die beginnt jetzt erst richtig."

„Ach Unsinn. Zum Beispiel hast du doch eine Freundin, oder?"

Ich nicke.

„Die heißt wie?"

„Corinna", gebe ich ungern zu.

„Na also", nickt Ulrike, „geht doch. Und was macht die so?"

„Wir haben zusammen Klavier studiert."

„Und wo?"

„In Hannover."

„Na schau, so viel Lebensgeschichte schon. Und, liebst du sie?

„Erschrocken schaut Malina auf.

Ulrike von vier Augen fixiert, verteidigt sich:

„Aber das ist doch das Einzige, das wirklich interessant ist. Oder etwa nicht?"

Der uns eifrig umsorgende Wirt stellt in diesem Moment weißes, seltsam verbogenes Gebäck auf den Tisch und wir greifen hungrig zu. Es kracht mächtig, wenn man hinein beißt, es prickelt und klebt am Gaumen, aber nach einigem Kauen bleibt nichts davon im Mund übrig. Ich muss lachen, als es sich in ein kaum schluckenswertes Nichts verwandelt, und sage:

„Nicht, dass das jetzt direkten Bezug auf deine Frage nimmt, Ulrike, aber gerade so wie dieses Gebäck kommt mir die Liebe manchmal vor: Erst viel Lärm, aber dann bleibt doch fast nichts übrig."

„Das kenn' ich", murmelt Ulrike.

„Wie bei Shakespeare", sagt Malina lächelnd: „Viel Lärm um nichts. So hab ich die Liebe allerdings nie verstanden", fügt sie in meine Richtung hinzu.

„Verstanden oder erlebt?" erkundige ich mich. „Das ist doch die entscheidende Frage."

Malina denkt nach, dann sagt sie:

„Eigentlich auch erlebt ..."

„Ich finde die Liebe etwas wahnsinnig Intensives", mischt Ulrike sich heftig ein, „ihr auch? Sie ist so ... so ... so stark ..."

„Ja", erkläre ich, „dass ist das Krachen vom Gebäck am Anfang. Aber dann, was ist dann?"

„Wie, und dann? Dann geht man eben zusammen ins Bett und so ..."

„Und da kracht es weiter, aber was ist *dann*, was bleibt übrig. Woraus besteht die Liebe?"

Ulrike knabbert nachdenklich an einem neuen Stück Gebäck, dann fragt sie:

„Liebe besteht aus Liebe. Woraus denn sonst? Aus Rosenblättern jedenfalls nicht. Komische Frage. Und wie steht es nun mit deiner Freundin, das wollte ich doch wissen. Du willst nur ausweichen."

Ich seufze.

„Eigentlich soweit ganz gut, wir haben nur aktuell ein Problem, und darum möchte in diesem Moment eigentlich nicht daran erinnert werden ..."

„Also", übernimmt Malina das Wort, „wenn du weder gern von deiner Vergangenheit noch von deiner Freundin erzählst, dann sag doch wenigstens, wie deine Zukunft aussehen wird, jetzt, wo du die Prüfung bestanden hast."

„Du weißt das schon?"

„Von Ulrike."

„Ach so. Also: Zuerst einmal muss ich ein schönes Zimmer finden ..."

„Ein Zimmer?" fällt Malina mir ins Wort. „Ach ja, das brauchst du, und das hast du gefunden."

„Wie?"

„Ja, in unserer WG. Wir haben einen rausgeschmissen. Vor einer Woche. Der war fies und eklig, der Typ. Das Zimmer ist frei. Allerdings musst du sofort zusagen und es ab dem nächsten Monat bezahlen."

„Sehen darf ich es nicht?"

„Doch, doch, klar", lacht sie.

„Und deine Mitbewohner müssen mich auch erst kennen lernen. Und ich sie."

„Ja und nein, denn erstens bin ich die Hauptmieterin, aber das ist nicht der eigentliche Grund. Man wird dich akzeptieren und mögen, das weiß ich."

„Im Ernst?" frage ich aufgeregt.

„Ja, natürlich, im Ernst. Was denn sonst?"

„Und wann kann ich es sehen?"

„Wann du willst."

„Ist es weit?"

„Um zwei Ecken. Nein, um vier Ecken von der Hochschule aus gesehen."

Ich schaue Ulrike an. Ihr Blick ist verschlos‐
sen, nicht bei der Sache. Aber ich weiß, in Hochform
kommt sie erst, wenn sie im Mittelpunkt steht.

„Toll", sagt immerhin auch sie.

Um sie ins Gespräch einzubeziehen, frage ich:
„Kennst du das Zimmer?"

„Nicht richtig, aber die Wohnung ist Klasse."

Sie bemüht sich, ihre Augen leuchten zu las‐
sen. Suchend schweift ihr Blick über die längst und
gründlich geleerten Gläser. Keine Künstlerbrause
mehr übrig.

Bald kommt unter großem Tamtam unser
Essen. Es dampft und knistert, duftet und brutzelt,
es ist eine Augenweide. Leider ist der Appetit
meiner heftigen Neugierde gewichen: Wie viel lieber
würde ich mein Zimmer ansehen. Nun aber rücken
wir die Stühle zurecht und beginnen zu Schmausen,
‚der glücklich Herr mit seine zwei Freundinin ...'

Was mag unterdessen meine dritte Freundin
treiben, frage ich mich, während ich Scheiben der
Entenbrust um dampfend‐weißen Reis drapiere.

*

Der Abend entwickelt sich erfreulich:

Die Verstimmung des Anfangs ist vergessen
und ich vermute, dass sie vor allem Ulrikes Er‐
schöpfung entsprang: Sie hat immerhin nicht zwei,
sondern mindestens vier Stunden in der drückenden
Tageshitze geschuftet und seitdem auch nicht ein
einziges Wörtchen über Erschöpfung verloren. Das

Essen schmeckt köstlich, vor allem abwechslungs-
reich, denn jeder probiert vom Teller der andern.
Hinterher hängen wir schwer und satt in den Lehnen:

„Oh, das war gut", stöhnt Ulrike und legt die
Hand auf ihren Bauch.

„Ja, gut. Aber viel", ergänzt Malina, „es war
nett, dass ich dabei sein durfte. Ich sehe übrigens
keinen Anlass, mich eingeladen zu fühlen, Sebastian. Nimm das Geld lieber für deine erste Miete ..."

„Ich aber sehe einen Grund", widerspreche ich.

„Welchen denn?"

„Den Anlass weißt du doch: Ich habe seit heute
einen Studienplatz, eine, nein, sogar zwei Arbeitsstellen und ein Zimmer! Wir werden in nächster
Zeit also noch oft miteinander zu tun haben", sage
ich mit drohendem Ton und freue mich darauf, denn
Malinas ruhige Art ist mir sympathisch. Vor allem
im Kontrast zu Ulrike.

„Wenn du bei uns einziehst, werden wir uns
täglich sehen. Aber an der Hochschule kaum."

„Warum? Bist du nicht in der Opernschule?"

„Nein. Das ist nichts für mich."

„Wieso?"

„Ich bin nicht so für Oper, ich bin mehr für das
Lied", erklärt sie.

„Aha. Hm. Ist denn der Unterschied so groß?"
erkundige ich mich verwundert.

Beide lachen:

„Sieh uns an", klärt Malina mich auf, „Ulrike
steht für die Oper. Die hat immer was von Zirkus,
Manege und Trommelwirbel ..."

„Und Liedgesang", fällt Ulrike ihr ins Wort,
„ist eine Art Dichterlesung im kleinen Kreis ..."

Beide lachen.

„Aha", sage ich und habe wieder etwas gelernt.

Seit einiger Zeit schon taste ich immer wieder nach meinem Handy: Es macht mich nervös, nichts von Corinna zu hören. Sie müsste wenigstens mit einer SMS auf meinen Anruf reagieren.

Was ist los?

„Entschuldigt bitte", sage ich jetzt und krame mein Handy heraus, „ich muss schnell eine SMS schreiben."

„An deine Freundin?" fragt Ulrike schelmisch, „wie hieß sie noch?"

„Corinna", hilft ihr Malina.

"Richtig, Corinna ... Grüße sie von uns."

Ich winke ab.

Meine Hoffnung, das Eintreffen einer Nachricht überhört zu haben, erfüllt sich nicht.

Was soll ich ihr schreiben?

Ich muss bei meiner Taktik bleiben, also tippe ich folgenden Text mit zuckenden Daumen:

Hab auch einen Kellnerjob und sogar ein Zimmer ist das nicht irre melde dich wann sehen wir uns?

Senden?

OK

SMS wird gesendet

Jetzt muss sie reagieren, immerhin liebt sie mich, das behauptet sie wenigstens in sehr regelmäßigen Abständen, und je unausgeglichener und schwieriger unsere Beziehung wurde, desto öfter.

„Fertig?" fragt Ulrike, die wohl ungern wartet.

Ich lasse das Handy ohne Eile in die Hosentasche sinken und antworte mit künstlich verstärktem Lächeln:

„Fertig."

„Feltig?" fragt auch der Chinese, der plötzlich neben uns steht und auf unsere nicht ganz leeren Teller schaut. Wir nicken.

„Und alle gut schmeckt?"

Jeder bestätigt das auf seine Weise, was ihn freut. Er türmt das Geschirr mit der rechten Hand auf seinem linken Arm zu einem abenteuerlichen Turm und grinst ohne Unterbrechung. Mir schwant nichts Gutes, darum frage ich ablenkend in die Runde meiner Gäste:

„Einen Kaffee?"

Beide nicken.

„Drei also", sage ich, und es scheint wohl vor allem dieses Wort zu sein, das ihm zusetzt, denn als er das architektonische Wunder auf seinem Arm davon balanciert, murmelt er immer wieder:

„Dlei, dlei. Dlei!"

„Dlei", wiederholt Ulrike leise, „der sagt wirklich: Dlei statt drei."

„Und wie klingt dein Chinesisch?" frage ich etwas bissig zurück. Malina lacht.

„Schauen wir das Zimmer heute noch an?" wende ich mich an sie.

Ulrike guckt unzufrieden auf ihre Uhr:

„Heute noch?"

„Ich verstehe deine Ungeduld", meint auch Malina, „aber ich bin gleich noch verabredet."

Ich bin enttäuscht. Ulrike fragt:

„Ach was, mit wem? Ein Typ? Kenne ich den?"

„Ja, du kennst ihn", gibt Malina zu und senkt verlegen die Augen.

„Und wer ist es?" fragt Ulrike gespannt.

„Ulrich", gesteht sie leise.

„Ulrich?"

Malina nickt.

„Der Ulrich, in dessen Zimmer ich letzte Nacht geschlafen habe?" mische ich mich ein.

„Ja", antworten beide gleichzeitig.

„Ach was", sage ich.

„Ach was", sagt auch Ulrike.

„Ach: Was?" fragt Malina.

„Na ja", beginnt Ulrike verlegen, „warum denn der? Was willst du denn von ihm?"

„Wollen?" fragt Malina etwas spitz zurück, „nichts, jedenfalls nichts Konkretes, aber ich finde ihn sehr interessant.

„Interessaaaant ..." dehnt Ulrike.

Ulrike kann Wörter auf vielfältige und vielsagende Weise verlängern. Durch Malinas Interesse steigt Ulrich in meiner Achtung. Nicht, dass ich bisher zu einem abschließenden Urteil über ihn gekommen wäre. Mein Eindruck war stark, aber noch unbestimmt. Auf alle Fälle ist er eine Persönlichkeit.

„Dann können wir doch auch eine Stunde zu viert bei uns verbringen", schlägt Ulrike vor. „Wo trefft ihr euch denn?"

„Eigentlich bei ihm, also bei euch ..."

„Na also, super. Wann?"

Ich weiß nicht, ob Malina es recht ist, dass Ulrike die Planung des weiteren Abends in die Hand nimmt. Natürlich halte ich mich aus allem heraus.

„Um halb neun", gesteht Malina: „Wie spät ist es jetzt?"

„Drei."

Aber das ist nicht die Antwort auf ihre Frage, nein, das sagt der freundliche Chinese und bringt uns den Kaffee: „Extra groß macht stark für die Herr mit zwei Freundinin ..."

Wir hatten natürlich eher an Espresso gedacht, aber was wir nun bekommen, sind drei große

Tassen mit dampfender Brühe, deren Anblick schon satt macht. Dazu riecht es verdächtig nach löslichem Kaffee. Damit wir ungestört beschließen können was wir mit der Brühe tun, bitte ich gleich um die Rechnung.

„Rechnung für drei", sagt er bestätigend und setzt sich zu uns an den Tisch, „ich schon vorbereitet, hier ...."

Er schiebt mir die Rechnung zu. Dann duckt er sich und schaut mich mit listigen Augen an:

„Was denken von vier ... und nicht bezahlen Rechnung?"

Drei mal drei Sekunden brauche ich, bis ich sein groteskes Angebot begreife. Vier: Ach so, er will *dabei sein* ... Mir schießt das Blut in den Kopf. Erschrocken schaue ich zu Malina und Ulrike, ob sie das gehört und verstanden haben. Beide runzeln die Stirnen, ihre drei mal drei Sekunden auf der Leitung sind wohl noch nicht herum. Mit lauter Geste greife ich nach der Rechnung und antworte:

„Ja, es hat geschmeckt. Danke. Es war nur etwas viel, drum schaffen wir den Kaffee nicht."

Er runzelt die Stirn in extrem feine Rillen:

„Ich meinen: *Vier* ...", wiederholt er intensiv flüsternd und nickt in Richtung Ulrike und Malina.

„Ja, etwas viel, genau, danke ..."

Ich lege meine 40 Euro auf den Tisch und merke erst dann, dass sie nicht ausreichen. Ulrike macht keine Anstalten sich zu beteiligen, Malina greift sofort in ihre Tasche.

„Nein", sage ich bestimmt, „das ist mein Fest!"

Ich gebe aus Verlegenheit noch ein stattliches, meine Verhältnisse empfindlich übersteigendes Trinkgeld. Er aber reagiert nicht wie er soll, denn er geht nicht, sagt nicht *auf Wiedersehn* und *vielen Dank.*

„Gehen wir?" frage ich nervös in die Runde, um mich und uns aus der peinlichen Situation zu befreien. Meine Begleiterinnen spüren wohl das Ungute des Moments, stehen sofort und kommentarlos auf. Der aufdringliche Wirt kneift feindselig die Lippen zusammen.

Hab ich etwas Falsches gesagt

Hab ich ihn in seiner Ehre beleidigt?

Nein, mit keinem Wort, ganz sicher nicht, mit keinem einzigen Wort. Wenn, dann hat er uns beleidigt.

„Auf Wiedersehen", sagen wir alle und gehen schnell. Unbehelligt erreichen wir die Straße.

Ich atme erleichtert auf.

„Der hatte sie ja wohl nicht alle", befreit Ulrike sich lauthals von dem seltsamen Druck der letzten Sekunden, „aber längst nicht alle hatte der!"

„Ich habe das nicht begriffen", mischt sich Malina ein, „was hat er gesagt?"

„Also das war so", beginne ich und erzähle in groben Zügen, wie es zu seinem Glauben kommen konnte, sie beide wären meine Freundinnen.

„Dann wollte er uns kaufen?" kapiert Ulrike aufbrausend den Zusammenhang. Dann stutzt sie und fragt ruhiger:

„Wie hoch war die Rechnung?"

Als ich die Summe nenne, entfährt ihr ein spöttisches:

„Lächerlich!"

„Das ist ja unglaublich", empört sich auch Malina, „wie unverschämt oder lustig ich es finde, weiß ich gar nicht. Beides gleichzeitig irgendwie."

„Oder hast du ihm einen Bären aufgebunden und behauptet, wir wären deine Freundinnen?" fragt Ulrike und drückt mir streng den Zeigefinger an die Brust.

„Quatsch", entgegne ich, „spinnst du?"

„Außerdem würde das die Frechheit seines Angebots nicht mildern", gibt Malina zu bedenken.

„Aber Sebastian bekäme eins aufs Dach!"

„Wisst ihr was", sage ich, hake mich zwischen beiden ein und ziehe sie mit mir die Straße entlang, „heute ist der seltsamste Tag meines Lebens. Heute passieren überhaupt nur außergewöhnliche Dinge. Wenn euch das zuviel wird, dann solltet ihr euch schnellstens von mir entfernen."

„Also, ich find's prima. Ich bleibe bei dir", lacht Ulrike und drückt mich an sich.

„Ich würde auch gerne bei euch bleiben, muss aber los, es ist kurz vor halb," sagt Malina bedauernd und löst sich von meiner Seite.

„Du kannst jetzt nicht gehen", sagt Ulrike bittend, „was uns alles ohne dich passieren kann ..."

Sätze aus ihrem Mund bekommen leicht die Tendenz, zweideutig zu klingen, ohne dass man sich sicher sein könnte, dass sie das wollte.

„Ihr müsst stark sein", kommentiert Malina. Greift sie damit die Zweideutigkeiten Ulrikes auf?

„Und wenn wir zusammen zu Ulrich gehen?" werfe ich die im Restaurant schon genannte Möglichkeit in die Runde, „wäre dir das unrecht?"

Malina denkt kurz nach:

„Eigentlich nicht", meint sie dann: „Wenn Ulrich und mir nach Alleinsein ist, dann können wir in sein Zimmer gehen."

*

Zehn Minuten nach halb neun erreichen wir eine Straße, die ich erkenne: Hier wohnen Ulrich, Leo und Ulrike. Malina ist nervös. Schon unterwegs hat sie öfter auf die Uhr geschaut und ihren Schritt beschleunigt.

„Da sind wir", seufzt Ulrike, als wir vor der Türe stehen, „du musst ganz schön Sehnsucht nach ihm haben, so wie du uns vorangetrieben hast."

Auch ich bin außer Atem.

„Ulrich mag es nicht, wenn man bei Verabredungen zu spät kommt", erklärt Malina verlegen, „und ich mag es auch nicht", fügt sie hinzu.

Ulrike kramt in ihrer Tasche nach dem Wohnungsschlüssel:

„Ich finde es albern, das so genau zu nehmen", kommentiert sie ungefragt und öffnet die Tür. Wahrscheinlich offenbart sich auch hier ein grundsätzlicher Unterschied zwischen einer Operndiva und Liedsängerin, zwischen Zirkus und Dichterlesung.

„Hört mal", rufe ich den beiden nach, als sie die Stufen zum Eingang nehmen, „ich bleibe noch ein bisschen draußen, ich will noch mit meiner Freundin telefonieren!"

„Viel Spaß", ruft Ulrike, „grüß' sie von deinen zwei neuen Freundinnen, bis ..." doch da fällt zum Glück die Tür ins Schloss und erspart mir ihre weiteren Kommentare.

Bevor ich das Handy aus der Tasche hole, gehe ich ein paar Schritte. Kein Auto stört die Stille der Straße, das ist erstaunlich. Die letzten Stunden waren so turbulent, dass mir die Ohren sausen. Jetzt genieße ich die Ruhe und die kurze Zeit, die ich für mich alleine bin. Die Sonne steht so tief, dass die

Straßen im Schatten liegen, aber der Asphalt ist geladen von der Hitze des Tages. Nachdem ich bis zum Ende der Straße geschlendert bin, hier mündet sie in eine Querstraße, kehre ich um und setze mich nach ein paar Metern auf die Stufen eines Eingangs. Wie gut es tut, wenn keiner redet und ich auf nichts reagieren muss. Während eines tiefen Atemzugs bleibt mein Kopf völlig frei von Gedanken, dann schwirrt er wieder, aufgescheucht vom Motor eines Autos, das sich nähert und viel zu schnell um die Kurve fährt: Es ist ein alter, goldner Golf, der da so mutig um die Ecke schießt. Unwillkürlich spöttisch auflachend erkenne ich Ulrichs haarreichen Kopf mit gehetzter Miene hinter der Scheibe des Autos. Na also, Malina, kein Grund zur Sorge, auch der große, dunkle Meister ist nicht ganz und gar unfehlbar.

Ärgerlich versucht er am Ende der Straße, das Auto in eine enge Lücke zu quetschen, die sich schließlich doch als zu kurz erweist. Am Aufheulen des Motors erkenne ich, wie ihn das ärgert, dann versucht er sein Glück in einer Nebenstraße.

Malina hat mir gefallen. Sie strahlt einen beruhigenden Ernst aus, ist aufmerksam und neugierig, ohne penetrant zu sein. Ulrike kommt mir dagegen fast wie ein Kind vor. Welche gefällt mir besser? Schwer zu sagen. Jede auf ihre Weise. Am liebsten alle *drei*. Also Corinna eingeschlossen. Und damit greife ich seufzend in die Hose zu meinem Handy. Hoffentlich ist Corinna erreichbar, hoffentlich kann ich den turbulenten Tag im Frieden mit ihr beenden. Hoffentlich glaubt sie meiner Lüge - wobei es ja eigentlich die Wahrheit ist, die ich ihr glaubhaft machen möchte. Und diese wichtige, entscheidende Wahrheit, von der ich sie überzeugen muss, lautet:

Ich hatte nichts mit Ulrike, nicht *meinetwegen* hat sie so gequiekt und gekeucht. Alles, was ich auf etwas unkorrekten Umwegen versuche, ist, ihr diese Tatsache glaubhaft zu machen.

Langsam tippe ich die Nummer.

Nach einer Sekunde bereits ertönt das Freizeichen, nach einer zweiten ihre Stimme:

„Corinna, wie schön dass ich dich erreiche! Ich platze vor Neuigkeiten, hast du ein bisschen Zeit?"

Ich muss mich möglichst normal verhalten, aber die gestellte Frage klingt in meinen Ohren fast zu harmlos.

„Ich kann mir denken, was du mir erzählen willst", sagt Corinna kalt, aber ich tue, als bemerkte ich es nicht:

„Ja, ich habe ja schon geschrieben. Hast du die SMS bekommen?"

„Ja ..."

„Ich habe tatsächlich ein WG-Zimmer gefunden, oder wenigstens höchstwahrscheinlich, das heißt, wenn ich es will, das Zimmer, dann kriege ich es wohl, also wahrscheinlich, und morgen früh kann ich es ansehen, das Zimmer ...", hasple ich.

„Wer legt denn so großen Wert darauf, ausgerechnet mit dir zusammen zu wohnen?" fragt Corinna scharf zurück.

„Eine Sängerin, äh, nein, natürlich ist sie nur Gesangsstudentin ..."

Corinna faucht:

„Diese Ulrike, was?"

„Nein, wie kommst du darauf? Die wohnt ja mit ihrem Freund und Ulrich zusammen", falle ich überzeugend aus allen Wolken. Oh schöne Fügung, dass ich von Ulrikes *Freund* sprechen kann.

„Einen Freund hat die?" stutzt auch Corinna und glaubt es mir nicht.

„Doch", versichere ich mit lustiger Stimme, „Leo, eigentlich heißt er sogar Leopold, netter Typ, mit dem haben wir gestern gekocht und von dem habe ich gestern noch einen Klavierauszug von *Wilhelm Tell* bekommen."

„Und der war den ganzen Abend da?"

Ich ahne, wie Corinna sich den Verlauf des gestrigen Abends vorgestellt haben könnte und beeile mich, ihr zu versichern:

„Aber klar doch, und von dem, jedenfalls indirekt, weiß ich auch von dem Zimmer."

„Ach ... dann ... dann ..." stottert Corinna irritiert, sie hat sich den Verlauf des Gesprächs anders gedacht, „und der ... also der war gestern da?"

„Ich verstehe die Frage nicht", antworte ich klug, „er wohnt doch da, ich habe noch bis vier Uhr über dem Klavierauszug gebrütet, und stell' dir vor, über 300 Seiten dick ist das Ding, und danach war ich so überreizt, dass ich noch über eine Stunde lang nicht einschlafen konnte."

Corinna schweigt einen Moment, dann kommt es endlich:

„Und das Geschrei?"

Ganz leise fragt sie das, vielleicht hat sie Angst vor der Antwort.

„Das was?"

„Das Geschrei, das ... Gestöhne, das ..."

„Was?"

„Ach, du weißt schon ..."

„Corinna, ich weiß von vielem, das ich dir erzählen will, ich hab ja auch noch zwei Arbeitsstellen bekommen, aber was meinst du mit Geschrei?"

„Na, das eklige Stöhnen meine ich ..."

„Das was? Corinna? Stöhnen?"

„Ich hab dich gestern Abend doch noch mal angerufen ...", beginnt sie ärgerlich.

„Angerufen?"

Es läuft wie am Schnürchen, nun sie ist völlig durcheinander und fragt:

„Nicht?"

„Na klar, wir haben doch so schön telefoniert, aber da habe ich dich angerufen."

Jetzt scheint sie an ihrem Verstand zu zweifeln und denkt nach.

„Hm", macht sie ratlos.

„Kann ich jetzt erzählen?"

Und dann, beschwingt von der Erleichterung durch die geklärte Situation, liefere ich ihr einen lebendigen und überschwänglichen Bericht des turbulenten Tages. Ich erzähle natürlich besonders ausführlich vom Verlauf der Prüfung, von Professor Hemmung-Tick, Wiehlichs Reaktion und seinem überraschenden Angebot, mich als seinen Assistenten an der Hochschule anzustellen. Corinna kommt aus dem Staunen nicht heraus. Als ich ihr von dem Job bei Jean Bart und dem Zimmerangebot von Malina berichte, glaubt sie mir zuerst nicht. Aber mein glückliches Lachen überzeugt sie.

„Hast du auch noch im Lotto gewonnen?" fragt sie fassungslos.

„Ja, das habe ich, denn alles zusammen wiegt mehr als sechs Richtige im Lotto!"

„Aber pass' bitte auf, dass du nicht noch eine Traumfrau mit den Maßen 90 / 60 / 90 findest und mit ihr drei gesunde, geniale Kinder bekommst, heute noch, meine ich."

Ich lache versöhnlich und antworte, was sie am liebsten hören möchte:

„Meine Traumfrau habe ich doch schon."

Zum Ende des Telefonats bestätige ich mit aufrichtiger Vorfreude, dass ich zum Wochenende zu ihr komme.

„Ich liebe dich", raunt sie mir zum Abschied mit weicher Stimme ins Ohr, und ich glaube ihr.

„Ich dich auch", hauche ich zurück, und auch das ist in diesem Moment fast die Wahrheit: „Ich freue mich auf unser Wochenende ..."

„... ich auch ..." flüstert sie froh.

Dann legt sie auf.

Einundzwanzig Minuten und fünfzig Sekunden Gesprächsdauer behauptet das Display meines Handys. Fast eine halbe Stunde also, aber es hat sich gelohnt. Es hat geklappt. Ich stehe auf, vertrete mir die angespannten Beine, strecke mich und mache mich langsam auf den Rückweg.

*

Meine neuen Freunde sind in der Küche versammelt. Vor Ulrich, der mit dem Rücken zu mir sitzt und sich durchaus nicht umdreht, als ich komme, steht eine Flasche Rotwein, halbvoll. Seine Stimme klingt danach, halb voll. Ulrike, die mir die Tür geöffnet hat, trinkt Wasser wie Malina.

„Komm. Setz' dich zu uns. Wir sprechen gerade über Musik", sagt Ulrike, und in ihrem Tonfall schwingt ein ironisches ‚interessaaaant' mit. Ich nehme mir den letzten freien Stuhl und setze mich. Weil ich den Eindruck habe, dass mich Ulrich demonstrativ gering beachtet, begrüße ich ihn übertrieben freundlich, worauf er nicht reagiert. Dann aber heftet er seine Augen plötzlich auf mich:

„Wir sprechen von der Haltung", sagt er.

„Von der Haltung", frage ich verwundert, „ich dachte, ihr sprecht von der Musik?"

„Von der Haltung in der Musik", fügt Malina die Bausteine zusammen.

„Aha", sage ich und wundere mich weiter. ‚Dann lasst mal hören', denke ich.

Ulrich schenkt sich sein Glas voll. Dann fragt er mich:

„Wie denkst du darüber?"

„Hm", beginne ich überrumpelt, „ich glaube, da müsste ich erst ahnen, was ihr unter Haltung versteht."

„Haltung. Haltung ist alles", konstatiert Ulrich langsam und ernst.

„Na dann", antworte ich ironisch. Er klingt, als wollte er predigen.

„Wenn ich als Dirigent vor das Orchester trete, zählt nur meine Haltung", fährt er fort. Ich finde ihn peinlich und wichtigtuerisch. Langsam schaut er in die Runde, jeden von uns mit seinen glühenden Augen für einen Moment fixierend: „Es zählt nicht, was ich sage ..." - er nickt sich selber zu, darüber vergehen mehrere Sekunden - „oder wie ich schlage", beendet er den Satz nach andächtiger Stille. Die Mädchen nicken Zustimmung. Weil ihm nicht entgeht, dass mein Nicken ausbleibt, sieht er mich an.

„Dann ist das wohl so", lautet mein Kommentar.

„Das ist so", bekräftigt er herausfordernd.

„Sag' ich doch", bestätige ich achselzuckend.

Sein Gesicht verfinstert sich.

„Ich habe gehört, du hast heute die Prüfung bestanden", wechselt er das Thema. Ich nicke froh und erwarte seinen Glückwunsch.

„Du studierst bei Wiehlich?" fragt er weiter.

„Ja", sage ich stolz, „bei Professor Wiehlich."

„Dann", beginnt er von oben herab, „sieh' mal zu, dass du dich gut mit mir stellst, denn ich bin sein Assistent."

Mir bleibt vor Überraschung der Mund offen stehen. Er ist sein Assistent? Ulrich freut mein Staunen, weil er es missdeutet.

„Assistent der Opernschule?" frage ich vorsichtig.

„Korrekt", schnarrt er.

„Ach ..."

Mit einem Ausdruck, als habe er mich erfolgreich in meine Schranken verwiesen, wendet er sich wieder von mir ab.

„Das Orchester", doziert er, „klingt anders, wenn ich meine Haltung nur ein bisschen wandle."

Zur Illustration steht er auf, stellt sich wie ein Soldat mit Perücke schnurgerade in die Küche, hebt die Arme in Brusthöhe, die Ellenbogen leicht gewinkelt auf gleicher Linie wie die Handgelenke.

„So", sagt er, „oder so ..." - jetzt schiebt er sein schmächtiges Becken nach vorne, so dass er noch unmöglicher aussieht. Nur weil ich wegen des Operschulassistenten noch abgelenkt bin, muss ich bei seinem Anblick nicht in Lachen ausbrechen.

Zum Glück setzt er sich wieder.

„Haltung", verkündet er, und er scheint damit tatsächlich vor allem die körperliche zu meinen, „transportiert Botschaften."

Wieder schweift sein Blick durch die lauschende Runde. Er scheint tatsächlich anzunehmen, etwas Neues zu sagen.

„Kinesik", sage ich.

„Wie?"

„Kinesik", wiederhole ich, „die Lehre von der Körpersprache."

„Teildisziplin der ethnologisch orientierten Kommunikationswissenschaft", sagt Malina und lächelt.

Ulrich kratz sich am Kopf:

„Natürlich. Klar. Wie denkst du darüber?"

„Meinst du das speziell für das Dirigieren oder auch für andere Fächer?"

„Ich spreche vom Leben", lautet seine Antwort.

„Auch vom Gesang?"

„Korrekt."

„Glaubst du wirklich", gebe ich zu bedenken, „dass Ulrike auf der Opernbühne nur mit der richtigen Haltung bestehen kann?"

Bevor Ulrich seine Antwort gefunden hat, springt Ulrike auf:

„Ja", ruft sie, „da braucht man viel mehr!"

Aufgeregt schaut sie um sich:

„Mit der richtigen Haltung hat man noch nicht einen einzigen Ton gesungen, hat sich nicht um Intonation und Klang gekümmert, den Stimmsitz, die Stütze, den Ausdruck, das Wechselspiel mit den Bühnenpartnern, da fehlt die Maske, auch die entsteht nicht durch Haltung, es fehlt das Kostüm, das Gefühl, das Licht, die Stimmung, die Inspiration, die Liebe ... da fehlt einfach alles ... die Musik!"

Mit flacher Hand weist Ulrich weitere Worte zurück.

„All das meine ich mit Haltung."

„Dann ist das wohl so", wiederhole ich leichthin. Ich fürchte, er ist in eine etwas verengte Theo-
rie verrannt und hat sich hartnäckig verkeilt. Dass
ein Mensch mit so vielen Büchern einen so begrenz-
ten Horizont hat, stimmt mich traurig. Mir fällt ein
Spruch ein, den ich kürzlich gelesen hatte:
,Wussten Sie, dass die Bretter, die die Welt
bedeuten, auch ein Hirn vernageln können?'
Soll ich das in die Runde sagen? Besser nicht.
Ulrich ist darauf bedacht, ernst genommen zu wer-
den. Ihm am ersten Abend mit Spott zu begegnen,
wäre unklug.
Malina trinkt ihr Glas leer, steht auf und sagt:
„Ich muss los."
Überrascht schaut Ulrich zu ihr.
„Was? Jetzt? Es ist erst halb zehn?"
Er hat sich wahrscheinlich mehr von dem
Abend erhofft.
Aber Malina steht schon.
„Ich bin müde", erklärt sie, und es klingt nicht
so, als ob dieses Gespräch für sie besonders interes-
sant gewesen wäre. Ulrich schenkt sich schnell und
reichlich nach, und fast scheint es, als würde sein
spontanes Bedauern ihn reuen:
„Das passt gut", verkündet er kalt, „ich muss
sowieso noch Stücke für ein Konzert vorbereiten.
Dann kann ich noch eine halbe Stunde ans Klavier."
Ohne ein weiteres Wort geht Malina zur Tür,
dort dreht sie sich noch einmal um, schaut mich an
und fragt:
„Ach, Sebastian, deine Telefonnummer ..."
„Richtig!"
Ich springe auf.
Kritisch, mit finsteren Blicken verfolgt Ulrich
unsere Aktivitäten.

„Wer hat einen Zettel für mich?" fragt Malina. Ulrike greift in ihre Tasche, die über der Lehne des Stuhles hängt, und da sehe ich ihn plötzlich wieder, meinen Zettel:

Freundin zu verschenken

Ulrike reicht ihn mir zum Glück mit der Rückseite nach oben:

Ich notiere Name und die Nummer des Handys, falte ihn zusammen, damit niemand die Vorderseite sieht und kommentiert, und reiche ihn an Malina. Die hat unterdessen auf einen anderen Zettel ihre Adresse notiert.

„Wann kann ich morgen kommen?" frage ich.

„Wann du willst. Aber vor zwölf. Dann muss ich los."

„Gegen zehn?"

„Gern."

„Mit Brötchen?"

„Du hast mich heute eingeladen. Morgen bin ich dran. Tschüss an alle."

Unbegleitet geht sie aus der Küche.

„Eingeladen?" fragt Ulrich voller Argwohn.

„Ja", antworte ich schlicht, „ich hatte Grund zu feiern."

Er schaut mich spöttisch an.

„Was gibt es? Was schaust du so?" frage nun ich herausfordernd, denn mittlerweile übertreibt er sein gräfliches Getue. Weil ich noch stehe, kann ich auf ihn herunterschauen. Das missfällt ihm. Auch er steht auf, stellt sich dicht vor mich und sagt:

„Wirst schon sehen."

Dann schreitet er, als hätte er etwas Kluges gesagt, ohne weitere Worte aus der Küche. Zum dritten Mal, diesmal mit ungefiltertem Spott, sage ich:

„Dann ist das wohl so ...“

*

Plötzlich sind wir zu zweit. Als wir bemerken, wie ähnlich erleichtert wir den Abgang von Ulrich empfinden, lächeln wir.

„Das ist vielleicht ein Typ“, bemerke ich ratlos.

„Tja, eben interessant“, sagt Ulrike spöttisch, „sehr *interessaaaaaant*.“

Mir ist danach, zu duschen. Immerhin habe ich während des ganzen Tages die wildesten Dinge erlebt. Ulrike ist einverstanden.

„Ich gehe schon mal in mein Zimmer“, sagt sie und steht auf. „Hier in der Küche ist sowieso eine komische Stimmung, nicht wahr?“

Ich nicke.

„Du kommst einfach, wenn du fertig bist.“

Sie sagt es und geht.

„Kommst einfach“, wiederhole ich leise und kopfschüttelnd, „sie sagt: *Kommst einfach ...*“

Wie das klingt.

Ich leere die Taschen meiner Hose, lege Portemonnaie und Handy neben den Rucksack und krame die Wechselklamotten hervor. Mit ihnen unter dem Arm betrete ich das Bad schon zum zweiten Mal, lege sie auf die Waschmaschine, ziehe mich aus und dusche ausgiebig die vielen Schichten Tagesschweiß von meinem Körper. Am liebsten würde ich laut und jubelnd singen, traue mich aber nicht, mit einem künftigen Dirigenten und einer Opernsängerin als Zeugen.

Als ich mich abgetrocknet und wieder angezogen habe und nach vorsichtigem Klopfen das Zimmer von Ulrike betrete, sitzt sie auf ihrem Bett und schaut mir wohlgefällig entgegen. Also mache ich es richtig, das *einfach kommen.*

„Weißt du", sagt sie nach kurzem in sich Lauschen, „ich springe auch unter die Dusche, das Geplätscher hat mir Lust gemacht!"

Sie rafft sich auf.

„Bis gleich, mach's dir bequem!"

Ich setze mich gemütlich auf einen nostalgischen Sessel und schaue mich neugierig in ihrem Zimmer um: Schön hat sie es sich gemacht, schlicht und geschmackvoll. Das glatte Gegenteil von Ulrichs Zimmer. Sie kommt zum Beispiel mit lächerlichen zwei Dutzend Büchern aus und hat statt eines Klaviers nur ein kleines elektrisches Piano mit drei Oktaven und Miniaturtasten in einer Ecke des Zimmers. Die Farben ihrer Bettbezüge, des Sessels, der Vorhänge wirken sehr weiblich, zartes Rosarot, weiche Ockertöne. Mir gegenüber hängt der *Kuss* von Gustav Klimt goldschwer und in ausladend großem Format.

Rechts ist die Zwischentür. Sie ist geschlossen.

Ich schaue sie an und muss schmunzeln.

Ob sie heute Nacht wieder offen stehen wird?

Nach kurzem Zögern stehe ich auf und mache es mir auf Ulrikes Bett bequem, drapiere mich, wie sie mich kurz zuvor erwartet hatte und übe einen wohlgefälligen Blick zu ihrer Begrüßung. Plötzlich erklingen gedämpfte Töne eines Klaviers. Es ist Ulrich, der sich auf ein Konzert vorbereitet, das eben noch wichtiger war als Malinas Bleiben. Ich grinse verächtlich über sein blödes Getue mit der Haltung. Es war zu lächerlich.

Ich mag ihn nicht.

Aber das mit dem Assistenten ist mir doch unangenehm: Er scheint noch nicht zu wissen, dass diese Position ab dem nächsten Semester auf mich übergeht. Ich befürchte, dass ihm das schwer zusetzen und mir nach Professor Tick einen zweiten zuverlässigen Feind beschert. Hätte Wiehlich nicht zuerst mit ihm darüber sprechen sollen? Wie peinlich für Ulrich, mir vor Zeugen geraten zu haben, mich gut mit ihm zu stellen.

Ulrichs Klavierspiel ist wenig beeindruckend. Vielleicht hat er ja die richtige ‚Haltung' noch nicht gefunden, denke ich verächtlich und nehme im Bett sitzend ein paar denkbar dämliche Haltungen probeweise ein, als Ulrike verwundert das Zimmer betritt.

„Was ist denn mir dir los?" fragt sie erschrocken. Ich lache sie verlegen an und antworte mit beziehungsreicher Betonung der letzten Worte:

„Ich übe interessaaante Haaaaltungen ..."

„Oh", kichert sie und freut sich auf ein gemeinsames Lästern, „zeig' sie mir ..."

Ich führe ihr meine bisherigen Versuche vor und sie schlägt lachend die Hände über dem Kopf zusammen.

„Oh", sagt sie plötzlich und lauscht auf sein Spiel: *„Una Furtiva Lacrima."*

„Una was bitte?"

„Furtiva lacrima! Er spielt da die Begleitung der berühmten Arie."

Sie stellt sich in Position:

„Jetzt bin ich dran!"

Und dann parodiert sie die Haltung einer Operndiva so perfekt, dass ich vor Lachen mit den Beinen strample.

„Und jetzt pass' auf", sagt sie plötzlich ernst und zeigt mit ihrem Finger auf die Anzeige eines Weckers neben ihrem Bett.

21.59 Uhr und 51 Sekunden zeigt er an.

„Dreiundfünfzig, vierundfünfzig ..." sie zählt, als ginge es auf Silvester zu. Ich weiß nicht, worauf sie hinaus will. Als aber Punkt zweiundzwanzig Uhr das Klavierspiel nebenan mitten im Takt verstummt, triumphiert sie:

„So ist er!"

Nach einer Weile fügt sie bitter hinzu:

„In allem."

Ich bin fassungslos.

„Ja", nickt Ulrike, „da fällt dir nix mehr ein."

„Nix", bestätige ich, füge aber ich grinsend hinzu: „Interessant."

Sie lacht.

„Stimmt. Aber Malina meint, dass man sich wirklich interessaaant mit ihm unterhalten kann."

„Das verstehe ich allerdings nicht."

„Eben", sagt Ulrike. Sie macht es sich bequem auf der breiten Matratze und sagt mit veränderter Stimme:

„Ich finde, du bist netter. Viel netter ..."

Langsam schaue ich zu ihr, aber sie weicht meinem Blick aus und dreht sich auf den Rücken.

Ich schlucke.

Durch einen einzigen Satz hat Ulrike die Stimmung verwandelt, plötzlich ist die Luft von einer Spannung erfüllt, die meinen Atem zittern lässt. Sekunden verstreichen knisternd und ungenutzt. Dann steht sie plötzlich auf und geht wortlos aus dem Zimmer. Verwundert schaue ich ihr nach. Habe ich etwas verpasst oder falsch gemacht?

Ich lausche gespannt, höre sie in der Küche hantieren. Quietschend öffnet und schließt sich der Kühlschrank, dann dumpfes Klappern und helles Klingen. Da lehne ich mich zurück und lächle vor mich hin, bis sie mit einer Flasche Künstlerbrause und zwei Gläsern wieder in das Zimmer huscht.

„So", sagt sie mit einer Zufriedenheit, als ob das Leben sich langsam komplettieren würde, und stellt die Utensilien der guten Laune auf die helle Marmorplatte eines dekorativen Großmütterchennachttisches:

„Du öffnest!" befiehlt sie, und ich mache mich an die Arbeit, während sie mit einem Taschentuch die Gläser funkelnd blank poliert.

Der Korken knallt, die Brause schäumt, es perlt in den Gläsern und klingelt fast weihnachtlich, als wir feierlich anstoßen.

„Worauf trinken wir?" wage ich in diesem delikaten Moment zu fragen. Sie denkt nach.

„Auf ... auf was du willst ..." sagt sie und trinkt das halbe Glas leer.

Ich küsse sie und sie küsst mich.

Ihr Mund ist erstaunlich klein, obwohl sie so viel reden und ja wohl auch singen kann. Immer wieder machen wir eine Pause und nippen vom kühlen Sekt, als müssten wir uns Mut antrinken. Wahrscheinlich ist das auch so. Dann küssen wir uns weiter.

Etwa eine halbe Stunde später schrecken wir auf. Aus der Küche klingt Musik, virtuose Läufe rauschen in *cis-moll.*

„Das ist nur mein Handy", säusele ich mit meinem Mund an ihrem Hals, „ich hab jetzt keine Zeit".

Der Chopin rauscht eine knappe Minute auf und ab, dann wird es wieder still.

„Gib mir noch einen Schluck Sekt", flüstert Ulrike.

Ich schenke nach, vor allem ihr, denn ich bin schon berauscht genug von ihrem Duft und ihren weichen Formen. Während sie trinkt, höre ich nicht auf, sie zu küssen. Die Flasche ist leer. Sie schnurrt zufrieden, liebt es, begehrt zu werden. Mir ist das recht.

„Ahhh", macht sie langgezogen, wie man sich das bei einer Diva vorstellt und schaut stolz an sich herab. Ihre Augen blinken, sie fragen:

Ich bin schön, nicht wahr?

Statt einer Antwort nutze ich meinen Mund in anderer Weise.

Eine weitere halbe Stunde später schreckt uns das Handy erneut aus unseren intensiven Gefühlen.

„Lass' es spielen", stöhne ich. Inzwischen sind wir beide nackt.

„Die richtige Musik spielt hier ..."

Diesmal aber kommt zu dem Rauschen des virtuosen Chopin ein neues Geräusch: Wütend wird eine Türe aufgerissen, Ulrich stürmt durch den Flur in die Küche. Wahrscheinlich nimmt er mein Handy, zwei Sekunden später pocht es donnernd an Ulrikes Tür. Sie fliegt auf, er steht vor uns, stutzt, als er sieht, wobei er stört, dann motzt er:

„Nimm' dein Scheiß Handy aus der Küche, du Idiot!" und wirft es mir zu. Es kommt geht so schnell, dass ich es nicht auffangen kann. Es segelt über das Bett und landet krachend auf dem Boden.

„Kaum hier angekommen", brüllt Ulrich bebend, „muss er alle Frauen durchficken, das saublöde Lustschwein!"

Dann schlägt er mit aller Wucht die Türe zu.

Wie vom Schlag getroffen, sinken wir zusammen. Ulrike bricht in ein hysterisches Schluchzen aus und strampelt mit den Beinen, als stünde sie unter Schock. Ich bringe kein Wort hervor. Nach einigen Sekunden beruhigt sie sich wieder, dann aber gefriert mir das Blut in den Adern, denn eine leise, seltsam verzerrte Stimme krächzt neben dem Bett:

„Hallo, hallo? Sebastian? Bist du dran? Hallo?"

Ich reiße entsetzt die Augen auf, stürze mich auf mein Handy, unterbreche die Verbindung und könnte nun meinerseits beginnen, kreischend mit den Beinen zu strampeln.

3. Tag

Am nächsten Morgen verschlafe ich fast. Das Defizit der kurzen Nacht davor macht sich bemerkbar. Erst um halb zehn schlage ich die Augen auf und fühle mich immer noch nicht ausgeschlafen. Ein paar Sekunden brauche ich, um mich zu erinnern, wo ich bin, dann schrecke ich hoch. Ich liege allein in Leos Bett, die Verbindungstür ist nicht nur zu, sondern, wenn sich seit gestern nichts geändert hat, abgeschlossen. Es war Ulrike ein dringendes Bedürfnis, nach dem vorzeitigen Ende unserer intimen Begegnung sicherzustellen, nicht wieder gestört werden zu können. Fast wäre ich gestern aus dem Zimmer gestürzt, um Ulrich an seinen vielen Haaren zu packen und kraftvoll durchzuschütteln, aber Ulrike konnte mich zurückhalten. In ihren Augen sah ich Angst und vermutete die Sorge, er könnte unsere Romanze an Leo verraten.

Wenig später lag ich aller Erregung beraubt schon wieder in einem neuen Bett, dem dritten dieser Wohnung, in Leos, immerhin aber in meinem eigenen Schlafsack sicher eingehüllt, und ließ die letzten Ereignisse nachwirken.

Es war wie verhext.

Warum musste Corinna schon wieder in einem so falschen Moment anrufen?

Wer war verantwortlich für die Erfindung dieser unglückstiftenden Handys? Wie sollte ich mich diesmal aus der Affäre ziehen? Die erste Frage war nicht zu beantworten, auf die zweite wenigstens fand ich schnell eine Antwort, denn es gab nur eine Möglichkeit:

Ich musste auch diesmal von nichts wissen.

Wenn mir das wieder so überzeugend gelingen sollte, würde Corinna allerdings langsam an ihrem Verstand zweifeln.

Hatte ich wirklich erst gestern die Aufnahmeprüfung im Dirigieren gemacht und mit Trompetentriumph bestanden?

War das tatsächlich gestern?

Es war.

Nach dem Kalender war das korrekt.

Korrekt ...

Zur Hölle mit dem Wort. Fort damit aus meinem Vokabular!

Und wieder spürte ich die brennende Lust, Ulrich in seinem Bett liegend unter seinen tausend Büchern zu begraben. Dann gerieten die Bilder durcheinander: Spielende Kinder am Brunnen, zahlende Gäste, der dicke Jean Bart in einer Badewanne voll grünlichem Olivenöl, kindisch lachend und mit blinkenden Geldmünzen im Mund. Was trieb der kleine Chinese auf einem Kinderstuhl mit *drei* Playmobilfiguren? Vielhaarig wie ein Zottelbär tanzte Ulrich, hinter ihm der kahlköpfige Tick-tick-tick-Professor auf einer italienischen Turmuhr in vorbildlicher Haltung und umgeben von unsichtbaren Wasserfontänen. All das mündete in noch verschlungenere Träume, an die ich mich nicht erinnern kann.

Es ist halb zehn.

Ich springe auf, denn wenn ich noch halbwegs pünktlich bei Malina erscheinen will, muss ich mich sputen. Ich rolle meinen Schlafsack zusammen und stopfe ihn in den Rucksack, dann gehe ich ins Bad, dusche, putze die Zähne, ziehe mich an. Bevor ich vorsichtig an Ulrikes Tür klopfe, um nach dem Blatt mit Malinas Adresse zu fragen, schaue ich in die Küche, vielleicht liegt der Zettel ja dort? Nein, dort ist nur Ulrich, er sitzt mit dem Rücken zu mir über eine Zeitung gebeugt, und wieder dreht er sich nicht um, als er mich hinter sich hört.

Zehn Sekunden stehe ich reglos, dann wischt eine plötzliche Wut alle Vernunft und Erziehung beiseite, übrig bleibt die kalte Lust, den Kerl zu provozieren:

„Arschloch", sage ich laut ins Zimmer und erschaudere, wie schrecklich das klingt. Es ist das er'ste Wort, das ich heute spreche.

Er reagiert nicht, sein Zeitungsartikel fesselt ihn offenbar sehr. Ich gehe von hinten auf ihn zu, umrunde den Tisch, setze mich ihm direkt gegenüber und wiederhole das aggressive Wort laut und mitten in sein Gesicht:

„Arschloch!"

Sein Schweigen ist überlegen und vollkommen, es treibt mich zur Weißglut. Als ich nur noch kurz davor bin, ihm die Zeitung aus den Händen zu reißen und am Bart zu ziehen, steht plötzlich Ulrike in der Tür: Sie ist blass und verschlafen, ihre Stimme aber klingt fest und klar:

„Hör auf. Schluss damit. Geh jetzt."

Ich komme zu mir, nicke und stehe auf.

„Da hat er Glück gehabt ..." murmle ich böse, als ich mich an ihr vorbei in den Flur drücke.

Sie schließt die Küchentür hinter uns.

„Hier", sagt sie, „hast du Malinas Adresse."

Sie gibt mir einen Zettel und sagt, als sie in ihr Zimmer geht:

„Vielleicht hast auch du Glück gehabt. Ulrich war zweimal Landesmeister in Karate."

Damit schließt sie die Zimmertür und ich bleibe verdattert im Flur zurück.

*

Ich finde das Haus, in dem Malina wahrscheinlich bald Zimmer an Zimmer mit mir wohnt, erst nach ärgerlichen Irrtümern. Als ich es endlich erreiche und enttäuscht von dem kahlen, nackten und auffällig hässlichen Gebäude bei ihr klingle, bin ich fast eine halbe Stunde zu spät.

Eilig laufe ich die Stufen hinauf.

Malinas Gesicht begegnet mir erst in der fünften Etage, sie wohnt direkt unter dem Dach. Mit gezwungenem Lächeln schaut sie mir entgegen:

„Ich dachte, du kommst nicht mehr", sagt sie matt.

„Doch, doch, natürlich komme ich. Ich hab's nicht gefunden", sage ich und bin betont außer Atem, um ihr meine Eile zu demonstrieren.

„Komm rein", sagt sie.

Gespannt trete ich in einen engen Flur und weiß nicht, wohin mit dem Rucksack.

„Stell' ihn in die Wanne, ins Bad", schlägt sie vor und nennt damit vermutlich den einzigen Ort, an dem er in dieser extrem beengten Wohnung

Platz findet. Aber auch das Bad ist winzig: Um auf dem Klo sitzen zu können, muss man mit einem Bein in der niedrigen Wanne stehen. Die Badewanne in Miniausführung gibt es vermutlich auch nur darum, weil die Schrägen des Zimmers keine Dusche zugelassen hätten. Kopfschüttelnd lege ich den Rucksack möglichst so in die Wanne, dass der tropfende Wasserhahn ihn nicht trifft und durchnässt, dann folge ich ihr in die Küche.

„Das ist Sebastian", sagt Malina, als ich den Kopf in das Zimmer strecke, „und hier, das ist Claude."

Ich sehe zuerst einen Hinterkopf mit roten Korkenzieherlocken über einem gebügelten weißen Hemd, gleich aber dreht Claude sich zu mir um, zeigt mir sein glattes, großflächiges Gesicht mit spitzer Nase und nickt mir freundlich zu. Seine grünen Augen bilden einen ungewöhnlichen Farbkontrast zu seinen roten, eng gedrehten Locken.:

„Hallo Sebastian! Komm rein, ich meine, soweit das möglich ist ..."

„Hallo Claude!" grüße ich zurück, kann mich aber nicht recht auf ihn konzentrieren, weil die Küche tatsächlich so eng ist, dass ich mich frage, wie ich an meinen Platz komme: Wenn in diesem Raum drei Personen an dem Tisch sitzen, kann sich keiner mehr bewegen. Dabei ist der Tisch nur ein Witz: Drei Brötchenteller und drei Tassen passen darauf, besser: Tässchen, wobei man aufpassen muss, dass sie nicht herunter fallen.

„Donnerwetter, ist das eng", staune ich, „das ist ja fast Museumsreif ..."

„Ja, etwas klein ist es schon", gibt Malina zu.

Sie und Claude rücken jeweils einen Hocker weiter, so dass ich den Platz an der Tür nehmen kann, allerdings ist der Stuhl kaum größer als ein Fahrradsattel.

Wollte Malina, die mir gegenüber sitzt, aus der Küche gehen, müssten Claude und ich nicht nur aufstehen, sondern in den Flur ausweichen. Eigentlich ist das eine Wohnung für Zwerge aus Schneewittchens Anhängerschaft. Ein Schneewittchen, zum Beispiel Malina, ist schon fast zu groß dafür.

„Bediene dich", fordert mich Malina freundlich auf, und wirklich können bei stark reduzierten Bewegungen drei Menschen hier gleichzeitig ihre Brötchen aufschneiden, ohne die Kaffeetassen herunter zu stoßen.

„Du willst also bei uns einziehen?" eröffnet Claude die komprimiertem Kennenlernen dienende Konversation.

„Wäre toll", übertreibe ich. „Aber sagt mal, würde es euch stören, wenn ich mir das Zimmer erst einmal anschaue? Ich bin ziemlich neugierig und finde, dass wir uns besser darüber unterhalten können, wenn ich es gesehen habe."

„Klar", sagt Claude. Malina nickt.

„Der Raum gleich gegenüber der Küche ist es."

Ich stehe auf. Bemüht, nichts herunterzustoßen, drehe mich vorsichtig auf der Stelle und verlasse die Küche.

Das Zimmer gegenüber, hat sie gesagt.

Ich öffne gespannt die Türe und bin darauf gefasst, bei den hier herrschenden Verhältnissen nach wenigen zehn Zentimetern wieder vor einer Wand zu stehen. Umso angenehmer überrascht bin ich, als das Zimmer immerhin über zwölf Quadratmeter groß ist. Auf den sonstigen Maßstab der Wohnung bezogen ist es fast ein Saal.

Ja, zur Not kann ich mir vorstellen, hier vor-
übergehend zu wohnen. Meine derzeitige Wohnung
in Hannover ist höher und größer als dieses gesam-
te Dachappartement. Ich darf meinen künftigen
Mitbewohnern nicht erzählen, dass ich da seit vier
Jahren alleine lebe.

Wenn ich aber meine Möbel auf das Aller-
wesentliche reduziere, könnte ich es schaffen:

Klavier. Bett. Ein Regal. Und eine winzige
Kommode für meine Klamotten. Damit sollte ich für
die nächste Zeit auskommen. Der Blick aus dem
Kippfenster an der Dachschräge ist auch nicht be-
rauschend, aber wer will schon aus einem Zimmer
hinausschauen, wenn er nach fünf anstrengenden
Stockwerken einmal glücklich hineingekommen ist.

Ich kehre in die Küche zurück.

„Prima", sage ich und lächle möglichst froh,
„also, ich würde es nehmen."

„Na fein, dann werden wir uns ja wohl bald
handelseinig sein", bemerkt Claude und beißt zufrieden in ein Marmeladenbrötchen.

„Apropos Handel", fällt mir ein, „was soll es
eigentlich kosten?

Der Preis ist zahlbar, im Verhältnis zur Größe
meiner Altbauwohnung in Hannover allerdings as-
tronomisch hoch. Nach kurzem Zögern sage ich zu.

„Schön", sagt Malina, steht auf und schenkt
mir frischen Kaffee ein. Zucker und Milch wären
raumtechnisch zu viel verlangt, drum hebe ich die
Tasse mit schwarzem Kaffee an und sage in die
kleine Runde:

„Auf ein schönes Zusammenleben!"

„Ebenso!" wünscht Claude.

Malina lächelt schüchtern.

Heute ist sie überhaupt ganz anders, stiller, scheuer, ferner. Aber unser Kennenlernen hat nun keine Eile mehr, jetzt, wo wir uns in den nächsten Jahren täglich sehen und erleben.

„Du willst also Dirigent werden?" fragt Claude. Jetzt beginnt das *Wer-bist-du-denn-Gespräch,* und obwohl sich mein Interesse an Claude im Moment noch in Grenzen hält, schlage ich mich tapfer und sage und frage alles, was man in so einem Moment zu sagen und zu fragen hat.

Dabei stellt sich heraus, dass Claude französischer Herkunft und Hugenotte ist. Er studiert Kunst. Was Hugenotten eigentlich sind, weiß ich nicht, aber die Vorstellung, in Zukunft mit einer Sängerin und einem Künstler zusammenzuleben, finde ich aufregend und schmeichelhaft.

Dann klingelt im Flur das Telefon, was darum einige Bewegungen zur Folge hat, weil ich zunächst der Einzige bin, der es rechtzeitig erreichen könnte. Ich stehe also auf, schaue meine künftigen Mitbewohner fragend an, und als die mir zunicken, gehe ich in den Flur und hebe ab. Währenddessen drängen sich auch Claude und Malina in den Flur, als ob sie beide einen Anruf erwarteten.

„Hallo?"

„Hier, äh, also hier, äh, ist Fräulein Malina zu sprechen?" knistert und quakt eine merkwürdig verlegen klingende Stimme in mein Ohr. Ich hebe verwundert die Brauen.

„Ein Fräulein Malina wird am Apparat verlangt, wohnt so was hier?"

Claude verdreht die Augen und drückt sich an Malina vorbei in die Küche zurück, während die ihre Hand nach dem Hörer streckt.

Ich überreiche ihn und ziehe mich auf ihr Winken ebenfalls in die Küche zurück. Dann schließt sie die Tür von außen.

„Kaum eine Minute Mitbewohner, schon die ersten Geheimnisse", sage ich grinsend in Richtung Flur.

Claude hebt skeptisch seine Tasse und sagt:

„Das ist er wieder ..."

„Ach, *er* ist es?"

„Ja."

Wir grinsen uns an. Claude überlegt, dann bewegt er sich in der engen Küche nur symbolisch nach vorne, als wollte er mir ein Geheimnis anvertrauen und sagt:

„Du wirst es ja sowieso mitbekommen, wenn du hier einziehst. Also, das ist ein alter Knacker, der seit ein paar Monaten hinter Malina her ist und sie immer wieder anruft. Ich glaube, er liebt sie schrecklich auf seine alten Tage und weiß nicht, wie er uns, vor allem aber wie sehr er sie damit nervt."

Er lehnt sich wieder zurück:

„Aber das ist auch ihre Schuld: Sie gibt ihm nicht deutlich genug zu verstehen, dass er sie endlich in Ruhe lassen soll."

„Vielleicht will sie ihn ja doch?" werfe ich ein.

„Ach, den musst du dir mal angucken, da wird dir gleich schlecht."

„Wieso? Ist er grün im Gesicht?"

„Ne, nicht das, aber grau. Und kahl."

Verwundert schüttle ich den Kopf.

Kam mir die Stimme nicht bekannt vor? Woher könnte ich sie kennen? Von der Hochschule?

„Unterrichtet der vielleicht an der Hochschule?" frage ich Claude.

„Ja, er ist Professor für Chorleitung glaube ich, oder Generaldingsbums, oder wie immer man das Zeug bei euch nennt. Oder beides, ich weiß es nicht mehr genau."

„Aha", sage ich nachdenklich.

Nach ein paar Minuten öffnet sich die Tür, aber anstatt aufzustehen und in den Flur zu treten, um unsere alten Plätze wieder einnehmen zu können, rücken wir jetzt einfach einen Platz weiter und tauschen dann Teller und Tassen. Malina ist blasser, nur ihre Stirn ist fleckig und gerötet.

„Und? Alles klar?" fragt Claude mitfühlend.

„Alles klar", sagt Malina möglichst fest, sieht aber nicht danach aus.

„Meinst du nicht, dass du das endlich beenden solltest?" fragt Claude ärgerlich: „Es ist doch immer das gleiche."

Malina hebt traurig die Achsel und schweigt.

Claude braust auf:

„Ihm geht's hinterher vielleicht besser, aber du bist blass und rot gefleckt. Das kann doch nicht gut sein."

Wieder hebt sie nur die Achsel, eine Bewegung die in ein ungleichmäßiges Rucken und Zucken der Schultern übergeht, sie weint. Claude legt seine Hand in ihre Schulter und seufzt:

„Du musst das endlich beenden", wiederholt er eindringlich.

„Wie denn?" schluchzt sie.

„Wie? Sag es ihm!"

„Wie denn?"

„Bitte ihn, dass er dich in Ruhe lassen soll!"

Da weint sie noch stärker.

„Dann drohe ihm. Das darf er doch bestimmt gar nicht, dich immer anrufen!"

Ich platze zwar vor Neugier, halte mich mit meinen Fragen aber zurück, obwohl ich gespannt zwischen beiden hin und her schaue.

Nach und nach beruhigt sich Malina, nimmt ein Küchentuch, schnäuzt kräftig die Nase und lächelt zaghaft und aus rotverweinten Augen in unsere kleine Runde.

„So", sagt sie, „wir können weiter frühstücken."

„Prima", antwortet Claude ironisch und stößt dabei fast seinen Teller vom Tisch.

„Reich mir mal den Honig."

Jetzt war ich gemeint, denn der steht auf dem kleinen Herd und ist nur für den erreichbar, der auf meinem Platz sitzt. Wir essen schweigend.

„Einer der Hochschulprofessoren meint seit etwa einem Jahr, dass er ohne mich nicht mehr leben kann", erklärt Malina nach einer Weile leise und ohne den Kopf zu heben. Claude nickt mir mit einem Blick zu der mir zu verstehen gibt, dass ich nicht davon sprechen soll, dass er mir das schon gesagt hat.

„Und du liebst ihn nicht?" frage ich vorsichtig.

Sie schüttelt so zaghaft den Kopf, dass ich vermute, dass dieses *Nein* nicht ganz eindeutig zu nehmen ist. Zwei Fragen nacheinander zu stellen, käme mir aufdringlich vor, darum schweige ich. Wieder ist es Malina, die nach einiger Zeit das Wort ergreift:

„Wir haben doch gestern von der Liebe gesprochen, im Restaurant."

Ich nicke.

„Du meintest, die käme dir manchmal vor wie dieses Gebäck, oder, anders gesagt, wie *Viel Lärm um nichts* vor ..."

Ich unterbreche sie.

„Ich meinte eher: Viel *schöner* Lärm und dann irgendwann nichts mehr."

„Oder so", nickt sie. „Ich habe das noch nie in dieser Art erlebt. Bei mir ist es umgekehrt: Erst ist es nichts, dann etwas Leises, und dann wird es langsam immer lauter - und dann kommt der Lärm am Ende ..."

„Und dann?" frage ich erschrocken bei dieser Vorstellung: „Es kann doch dann nicht immer Lärm sein und bleiben?"

Sie zuckt wieder die Achseln.

„Um den Lärm wieder loszuwerden, brauche ich viel Zeit und Abstand." Jetzt schaut sie mich zum ersten Mal an: „Während bei dir wohl gerade der Abstand den Lärm erhält und die Nähe bewirkt, dass er schneller vergeht."

Claude richtet sich auf.

„Sagt mal, wollt ihr mir verraten, wovon genau ihr sprecht?"

Malina lächelt, ihre Nase ist vom Weinen rot wie die eines Zirkusclowns:

„Von der Liebe natürlich."

„Ah, von der Liebe. Natürlich ..."

Claude gefällt mir.

„Ich habe zwar nicht verstanden was ihr euch eben mitgeteilt habt", fährt er fort, „denn es klang verdammt kompliziert. Drum will ich meinerseits folgenden Beitrag zu dem Gedankenaustausch leisten: Erstens, lieben, mögen oder schätzen - all diese Begriffe sollte man nicht gegeneinander abgrenzen, es ist alles im Grunde dasselbe. Zweitens: Alle positiven Gefühle sind normal und unkompliziert, solange man nicht einen Knoten hineinbringt. Dein oller Professor Unrat hat einen dicken Knoten im Hirn, drum ist er kompliziert. Aber das ist sein Problem und verpflichtet dich zu nichts, schon gar nicht dazu, diesen Knoten zu übernehmen. Fühl', was du fühlst und lass dich nicht darin beirren, das ist meine Devise, oder wie der großartige Frank Stella sagt: You see is what you see."

„Das klingt auch nach einer Geheimsprache", werfe ich ein.

Claude grinst, und dabei wirkt seine Nase noch ein wenig spitzer:

„Mein Lieber, das war keine Geheimsprache, das war Englisch."

„Ja", lache ich, „schon klar, ab wer bitte war Stella? Ein Astronaut?"

Er winkt ab.

„Das erzähle ich dir ein anderes Mal, das braucht länger, der ist nämlich mein großes Vorbild." Claude nickt, dass seine Locken wippen.

„Oh", sage ich freudig, denn Leute mit Vorbildern haben mir immer gefallen und mich neugierig gemacht: „Deine Ansichten kann ich teilen, und auf deinen Stella bin ich gespannt."

Claude schaut mich erfreut an. Ein guter Einstieg für unser Zusammenleben auf engstem Raum.

Malina sagt:

„Auch ich stimme dir zu. Du hast recht: Fühl' was du fühlst. Klingt auch schön. Aber was du sagst, das ist leider so selbstverständlich wie der Satz: Iss nicht mehr, als dein Magen verlangt. Jeder würde dem zustimmen und gut daran tun, ihn zu beherzigen. Aber was zum Beispiel, wenn garnichts zu essen da ist? Was ist, wenn das Essen verdorben ist oder wenn es nicht schmeckt? Dann hat man Probleme, die der schöne Satz nicht abdeckt, obwohl er wahr ist und so schön geklungen hat."

„Hm", antwortet Claude: „Und wenn du das Beispiel auf deine Situation mit dem alten Professor überträgst? Wie klingt das?"

Malina denkt nach.

„Also: Es ist, als ob vor mir eine Auswahl Früchte liegen. Alle frisch und wunderschön. Sie preisen sich an. Ich mag aber nicht essen, obwohl ich hungrig bin und sie mir sogar schmecken würden. Mir erscheint die Menge zu groß. Ich fürchte, dass ich, wenn ich einmal begonnen habe, weiter und immer weiter esse, weil die Früchte mir keine Ruhe lassen ..."

„Aber sie könnten dir tatsächlich schmecken?" fragt Claude verwundert.

Malina nickt.

„Also mir würde der Typ nie schmecken ..."

Er schüttelt sich:

„Mit seiner Geiernase und den großen Ohren!"

Geiernase?

Große Ohren?

Ich glaube, ich höre nicht richtig.

„Es ist doch im Moment hier nicht die Frage", widerspricht Malina verärgert, „ob er dir gefallen würde, oder?"

„Sorry. Stimmt."

Claude hebt beschwichtigend die Hand.

Ich schenke mir Kaffee nach, verteile den Rest in den anderen Tassen und warte auf die Gelegenheit, genauer nach dem Herrn mit der Geiernase zu fragen.

„Und wie kommt es, dass er dir gefällt? Hast du einen Vaterkomplex oder so?"

Claude geht ganz schön zur Sache.

„Vielleicht", sagt Malina und schaut hinunter auf ihr Brötchen, „aber ich glaube, das ist eher die

Sache mit dem Keks und dem Lärm. Ich fürchte, ich kann jeden Menschen lieben, brauche nur Zeit, um hineinzuwachsen. Weil ich jeden Menschen im Grunde für liebenswert halte, nehmen meine positiven Gefühle ständig zu. Aber das eigentlich Schlimme ist, nicht nur bei ihm ..."

„Ach so", nickt Claude, „ich weiß, der Lockenassistent."

„Der was?" frage ich.

„Ach, sie spricht von einem Kommilitonen mit so vielen Haaren, der sich wahnsinnig wichtig tut, weil er Assistent oder so etwas ist", sagt Claude abfällig.

Fragend schaue ich Malina an, sie nickt.

„Ulrich", murmle ich.

„Genau", sagt Claude überrascht, „Ulrich. Kennst du den etwa auch schon?"

Malina verdreht die Augen:

„Jetzt weißt du aber fast schon alles über mein Privatleben. Ich hoffe, man kann dir vertrauen ..."

„Vertrauen?"

„Dass du's wenigstens für dich behältst."

Ich nicke heftig: „Aber ja, klar, natürlich, was denkst du denn."

„Sag' mal", beginnt Claude, und ich merke, dass die Frage mir gelten wird, „Ist dein Privatleben eigentlich soweit im Lot? Versteh' mich nicht falsch, aber man will ja grob wissen, welche Katastrophen man sich ins Haus holt."

Ich lache und sage:

„Ja, das ist eigentlich ganz o.k."

„Und wie war das Gespräch mit deiner Freundin Corinna gestern. Habt ihr euch versöhnt, ist alles wieder in Ordnung?" fragt Malina.

„Probleme etwa?"

Claude tut ironisch hellhörig.

„Ja, aber nur kleinere", beruhige ich ihn, und zu Malina: „Es war ein schönes Gespräch."

Aber während ich das sage, denke ich insgeheim an die neuerliche Katastrophe:

„Apropos, ihr erlaubt sicher, dass ich ihr eine kurze SMS schreibe, ich möchte ihr sagen, dass das mit dem Zimmer tatsächlich klappt."

„Natürlich", sagt Claude großzügig, „ich bin ja froh, dass wenigstens du in festen Händen bist."

„Und nach meiner SMS", wende ich mich mit ironischer Autorität an ihn, „kümmern wir uns mal um dein Liebesleben ..."

„O Gott, bloß das nicht!" sagt er lächelnd und hebt abwehrend beide Hände.

Ich nehme das Handy, schalte ein und schreibe gemäß meiner Absicht, von nichts zu wissen:

Hurra habe das Zimmer ist zwar eng in der WG aber bezahlbar bin gespannt wie es dir gefällt bis zum WE Kuss S

Nummer eingeben.

Senden?

OK.

Während die SMS gesendet wird, schaue ich nach den gestrigen Anrufen, denn mir fällt ein, dass ich die sicherheitshalber von meinem Handy löschen sollte.

Zwei Anrufe.

Moment mal: Das erste störende Klingeln gestern Abend aus der Küche war gar nicht von Corinna. Es ist eine fremde Nummer mit der Vorwahl von Würzburg.

„Ein Problem?" fragt Claude.

„Nein, aber ein Anruf. Gestern um elf, von einem Anschluss aus Würzburg ..."

Verwundert schaue ich auf.

„Ist das eure Nummer?"

Ich nenne sie, beide schütteln den Kopf.

„Nur zwei richtige", witzelt Claude. „Ruf einfach zurück."

„Stimmt", sage ich kurz überdenkend, dass es mein kolossförmiger Chef Jean Bart eigentlich nicht sein kann.

Aber wer sonst?

Wiehlich?

Ja, ihm habe ich meine Nummer gegeben.

Wer hat sie sonst?

Ulrich und Ulrike.

Und sonst?

Ich drücke auf Rückruf. Dreimal ertönt das Freizeichen, dann höre ich eine helle Stimme mit italienischem Akzent.

„Hallo, guten Tag, verzeihen Sie, aber wenn ich meinem Handy glauben darf, dann haben Sie mich gestern Abend angerufen."

„So?" klingt es hell: „Wer sind Sie, wann ich habe angerufen?"

„Gestern. So um halb elf ..."

Und als ich meinen Namen nenne, wird mein Gesprächspartner aufgeregt:

„*Si, si! Grazie!* Ja, Sie sind die junge Tastenfeund von die Prüfung, *mama mia,* ich hätte gleich wieder, äh, *scusi*, ich hätte Sie gleich wieder versucht. Habe Zeit? *Solo una seconda ...*"

„Ja klar", sage ich gespannt.

„Also, junge Freund, ich bin die etwas dicke Tenor von die Aufnahmeprüfung, Sie erinnern, und ich habe große Frage. Ich brauche *una pianista* für *un concerto*. Eine gute *pianista.*"

Während er spricht, reiße ich die Augen immer weiter auf. Mit mir Malina und Claude, die mich gespannt beobachten.

„Für mich begleiten bei einige schöne und großartige *Arie italiane?*"

„Ja, ja", rufe ich auch zum Zeichen, dass ich noch ganz Ohr bin.

„*Bene*. Und nun wichtig Frage, die *grande* Frage: Wolle Sie mich begleiten bei *concerto?*"

„Aber ja! Gerne!" jebele ich.

„*Bene, molto bene*", sagt er erleichtert, „aber nun die Problem, die große *problema*. Concerto ist *domani*, morgen ..."

"Morgen schon?" schrecke ich auf: „Morgen?"

„*Si*", sagt er und klingt plötzlich ganz zerknirscht. „Meine Begleiter plötzlich krank, nun ja, *domani*, morgen ..."

„Und wie viel?" erkundige ich mich, womit ich nach der Anzahl der zu begleitenden Arien frage. Er allerdings antwortet:

„Fünfhundert, *solo cinquecento* ... "

Da weiß ich, dass er von der Gage spricht. Mir bleibt der Mund offen stehen.

„Fünfhundert?" wiederhole ich andächtig und flüsternd, worauf Malina und Claude mir hektisch und lachend zunicken.

„Zwei Monatsmieten", flüstert Claude. Ich winke heftig, dass er mich nicht ablenken soll.

„Wie viele Arien sind es, meinte ich."

„*Dieci*", sagt er, „zehn, nicht viel für eine *Maestro* an die *Piano*."

„Und das Konzert ist am Abend?"

„Si, Abend, Würzburg, *grande* Kongresshalle."

„Wie kann ich an die Noten kommen und wo kann ich üben?" frage ich und staune, wie schnell ich die richtigen Fragen finde und anspreche.

Ich fühle mich richtig professionell.

„Die Noten, äh, ich besorgen von meine kranke Begleiter ..." jetzt muss er wohl nachdenken: „Meine Unterrichtsraum ist frei heute Nachmittag, ich lege die Noten, sage Pförtner. So Sie könne üben und ich komme an die Abend und wir machen *una proba, bene?"*

„Perfekt", sage ich „freue mich darauf!"

„Anche io collega, grazie, mille grazie!"

„Ab wann kann ich zum Üben in den Raum?"

„Oh, um die dreie ist sie frei."

Er klingt erleichtert und fröhlich.

„A più tardi!"

„Ja", sage ich, weil es auf den letzten Satz, den ich nicht verstanden habe, sicher passt.

„Auf Wiedersehen!"

"Addio!"

Mit ununterdrückbarem Siegergrinsen versenke ich das Handy in der Hose.

„Yeah!" rufe ich und bemühe mich dabei, die Hände nicht in die Luft zu reißen, weil das in der engen Küche gefährlich wäre: „Das läuft ja alles wie am Schnürchen. Das ist ja ... das ist ja unfassbar!"

„Was war es denn? Ein Lotteriegewinn? Eine Erbschaft? Ein ... äh ...?"

„Nein", unterbreche ich Claudes fröhlichen Wortschwall: „Ein Engagement", wobei ich das Wort betont vornehm französisch ausspreche.

„Oh, ein echtes *ong-gasch-moo ...*"

„Wann denn? Mit wem und wo?" fragt Malina, die deutlich mehr vom Fach ist.

Bei ausreichendem Platz würde ich mir vor Ärger auf die Schenkel schlagen: Da hab ich doch glatt vergessen zu fragen, wie er eigentlich heißt.

„Du weißt also nicht, mit wem?" lacht Claude, „schade eigentlich ..."

„Ich treffe ihn heute Abend zu einer Probe, da habe ich ja die Gelegenheit, nach seinem Namen zu fragen. Was ich euch fragen muss: Könnte ich heute schon in meinem künftigen Zimmer schlafen?"

Ich schaue abwechselnd zu Malina und Claude:

„Das Konzert ist morgen, und ich habe nicht die geringste Ahnung, wo ich unterkommen soll."

„Warum nicht? Klar", sagt Malina, „es gibt allerdings kein Bett, wie du gesehen hast, nicht einmal eine Matratze oder so."

„Das macht gar nichts", grinse ich, „das Leben ist nicht immer so glimpflich mit mir umgesprungen wie in den letzten Tagen. Ich bin also Kummer gewöhnt."

*

Den Rucksack trage ich feierlich in mein neues Zimmer und richte mich sogar schon ein wenig darin ein: Meinen Schlafsack lege ich ausgerollt an die Stelle, an der bald auch meine Matratze liegen soll, meine wenigen Bücher und sonstigen Papiere deponiere ich in den zukünftigen Regalen.

„Hübsch", sagt Malina schmunzelnd, als sie das Ergebnis meiner Bemühungen betrachtet, „und was kommt dort hin?" fragt sie und zeigt auf eine Wand von zwei Metern.

„Natürlich mein Klavier", sage ich.

„Du hast ein Klavier?" fragt sie erfreut.

„Aber was denkst du denn, natürlich!"

„Du, hör' mal, dann werde ich ja richtig davon profitieren, dass du hier einziehst?"

„Aber klar", antworte ich munter, „ich aber gefälligst auch."

„Wie meinst du das?"

„Du bist doch Sängerin, und ich muss in Zukunft viele Sängerinnen und Sänger begleiten, um all die Lieder und Arien kennen zu lernen."

Malina macht zu meiner Verblüffung einen kleinen Freudensprung.

„Du hast ja Recht, du kannst auch von mir profitieren. Oh, das ist schön, es ist nämlich total schwer, einen Begleiter zu finden. Was eine Sängerin ohne Begleitung ist, kannst du dir denken."

„Na, dann tun wir uns zusammen", lache ich froh, „uns trennen in Zukunft doch nur, na, lass' mich schätzen, quer über den Flur etwa neunundsechzig Zentimeter von Tür zu Tür."

Sie fasst mich plötzlich an beiden Händen:

„Magst du Brahms?"

„Klar", sage ich verwirrt von ihren Händen, „Brahms? Klar!"

„Schmiedet ihr Pläne für die Zukunft? Macht ihr Karriere? Werdet ihr berühmt und bekommt viele schöne Kinder?" fragt Claudes muntere Stimme plötzlich hinter Malinas Rücken.

Wir lachen.

I feel what I feel. Und du?" frage ich zurück, „wirst du eigentlich Miniaturmaler? Und in späteren Biografien von dir sind Fotos dieser Wohnung, damit man begreift, warum das so war?"

Claude droht mit dem Zeigefinger.

„Ich sage nur: Frank Stella!"

„Ja, ich weiß", nicke ich: "To see or not to see, oder wie war das noch?"

Claude runzelt die Stirn:

"Gar nicht schlecht", murmelt er nachdenklich: *To see or not to see* - das ist nicht schlecht ..."

Er wiederholt den Satz noch zwei Mal und verschwindet grußlos in seinem Zimmer.

„Künstler", sage ich entschuldigend zu Malina, die meine Hände wieder losgelassen hat.

Sie nickt lächelnd.

*

Mit dem letzten frischen T-Shirt am Leib mache ich mich gegen halb zwei auf den Weg in Richtung Hochschule.

Malina, die am Nachmittag Wäsche bei ihren Eltern waschen will, verspricht, meine vier, fünf Kleidungsstücke unter ihre Wäsche zu mogeln und mitwaschen zu lassen. Mir gefällt die Vorstellung der Verquirlung unserer Teile.

Draußen scheint die Sonne so hell und ungetrübt wie gestern, aber es ist zum Glück nicht so heiß. Die Luft ist klarer, frischer. Vielleicht bilde ich mir das aber nur ein, weil ich so guter Dinge bin. Malina hat mir einen zerschlissenen Stadtplan geliehen, so dass ich mir meinen zukünftigen Weg zur Hochschule einprägen und interessante Varianten suchen kann. Auch den schönen Park kann ich in einen Weg einbauen, in dem ich gestern gesessen und über ... ja, über was denn eigentlich - so tief philosophiert hatte ... Ich weiß es nicht mehr. Dabei kam es mir gestern so wichtig und besonders vor. Wie kann ich jemals klüger werden, wenn ich alles vergesse?

Der Weg macht mir trotz des Stadtplans erstaunliche Schwierigkeiten, zweimal sogar muss ich, fluchend über die eigene Dummheit, umkehren. Dann erreiche ich den kleinen Park, sehe die Brunnen sprudeln, und gleich fällt mir ein, woüber ich gestern nachgedacht hatte:

Über das freudige Juchzen der Kinder war ich zu der Frage gelangt, wie beherrscht und diszipliniert ich leben kann und möchte. Ob ich, wie es Wiehlich fordert, so oft in die Hose mache, wie ich will und nur darauf zu achten lerne, es niemanden merken zu lassen.

Ich setze mich an die gleiche Stelle wie gestern und versuche, an diesem Punkt weiterzudenken.

Es gelingt nicht.

Unruhe treibt mich, ich weiß nicht, wohin.

Corinna?

Sollte ich bei Corinna anrufen?

Ja, das würde mich beruhigen.

Schon wähle ich ihre Nummer.

Sie ist zu Hause.

„Hallo, Corinna", rufe ich erleichtert in das Handy, „wie schön, dass du da bist ..."

„Ich muss mit dir reden", entgegnet sie sofort

„Das ist gut, ich nämlich auch mit dir: Ich bin schon ganz erschöpft von all den Neuigkeiten, langsam reicht es mir ... Das Zimmer, ich habe dir doch geschrieben, ist zwar klein, und die Wohnung ist so winzig, dass man lachen muss. Aber ... du hast meine SMS doch bekommen ...?"

„Ich muss mit dir reden", wiederholt Corinna.

„Das tun wir doch", stelle ich fröhlich fest, „aber wenn du willst, fange du an."

Wir schweigen, ich warte nervös.

„Und?" frage ich.

„Wer hat das gestern mit dem *durchficken* gesagt, wer hat da so geschrieen?"

„Wer hat was?"

Wieder muss ich mich mit der Sprachmelodie überzeugend aus allen Wolken fallen lassen.

„Sag' das noch mal!"

„Ich habe angerufen. Und ich weiß, es war deine Nummer", sagt sie mit Nachdruck, „und da hat jemand was von *durchficken* geschrieen. Ein Mann."

Ich schweige, als müsste ich nachdenken.

Dann sage ich:

„Also noch mal von vorne, ja?"

„Ich habe dich gegen halb zwölf angerufen ..."

„... hast du nicht!" widerspreche ich sofort.

„Habe ich doch!"

„Hast du nicht. Auch vorgestern nicht."

„Hab ich doch!"

„Also, was war los?" reagiere ich jetzt ganz nüchtern, als müssten wir dem Problem mit dem Verstand begegnen.

Nun erzählt sie erneut von dem Anruf, wieder mit den gleichen Wörtern. Mit Erleichterung stelle ich fest, dass sie schon ein wenig ins Zögern gerät, als käme ihr all das selbst schon unwahrscheinlich vor.

Als sie fertig ist, schweigen wir.

Dann, bestimmt sind zwanzig Sekunden verstrichen, sage ich nachdenklich:

„Seltsam ..."

Nach weiteren zehn Sekunden:

„Pass' auf, wir legen jetzt auf. Innerhalb einer Minute rufst du mich an. Vielleicht stimmt ja etwas mit der Nummer nicht."

„Hm", überlegt sie, dann sagt sie leise:

„Ich traue mich fast nicht mehr, diese Nummer zu wählen ..."

„Los, komm', versuche es. Wenn du innerhalb einer Minute nicht angerufen hast, melde ich mich wieder."

„Ok." sagt sie und hängt ein. Wenig später bimmelt mein Telefon, ich warte ein wenig, dann nehme ich an.

„Alles klar", sage ich wie ein Techniker nach dem ersten Test auf der Suche nach dem Fehler, „an der Nummer liegt es nicht."

„Das weiß ich, ich kenne doch deine Nummer", beteuert Corinna verunsichert.

„Ich habe noch eine Idee: Gleich komme ich durch die Stadt, bin sowieso auf dem Weg zur Hochschule. Unterwegs gehe ich in so einen Handyladen und erkundige mich, ob sie von etwas Ähnlichem schon einmal gehört haben. Was war es vorgestern? Liebesstöhnen?" frage ich und lege ein Zentner Verwunderung in meine Stimme: „Und gestern war es Kreischen und unflätige Vorwürfe?"

„Ja", gesteht Corinna.

„O.k. Ich erkundige mich danach. Darf ich jetzt ein paar Neuigkeiten loswerden?"

„Ja", wiederholt sie kleinlaut, und ich habe sie, als ich das höre, richtig lieb. Dann erzähle ich meine Neuigkeiten, und als ich von dem morgigen Konzert berichte, betone ich vor allem, dass ich gleich anschließend, wenn möglich sogar noch in der Nacht, ansonsten aber gleich morgens am andern Tag direkt zu ihr kommen werde. Ich verspüre tatsächlich eine leicht zunehmende Sehnsucht, wenn ich den Klang ihrer Stimme höre. Diesmal hat auch sie von einer Veränderung zu berichten, allerdings einer, die sie nicht fröhlich klingen lässt:

Ihr Norbert hat eine Freundin gefunden, endlich, nach Jahren intensivstem Schmachten nach Corinna. Die Nachricht weckt gemischte Gefühle in mir, denn einerseits ist es unmöglich, sich nicht für Norbert zu freuen, andererseits verändert sich damit auch ein Teil unseres Lebens, und es ist vorerst unklar, ob zum Guten. Bevor wir uns liebevoll voneinander verabschieden können, werden wir durch das Klingeln einer ersten Klavierschülerin unterbrochen.

„Ich melde mich bald", versichere ich.

Schnell verlasse ich diesen Park. Schon das letzte Mal hatte ich mir hier zwar schöne Gedanken über die Wahrheit und Wahrhaftigkeit gemacht und dann doch so viel gelogen.

*

Auf meinem weiteren Weg zur Hochschule experimentiere ich mit meinem Gang und versuche, so zu gehen, wie ich mir das bei einem Dirigenten vorstelle. Aufrecht und sicher. Etwas langsamer, wie gleitend, ohne alle Hast, eben wie einer, der –

wo auch immer – *angekommen* ist, und ich bemerke verwundert, dass ich mich, wenn ich mich so halte, tatsächlich besser und größer fühle.

Gehe ich sonst krumm und gebeugt?

Da fällt mir Ulrich mit seiner albernen ‚Haltung' ein und ich unterbreche diese Übung sofort. Hatte er etwa doch nicht so unrecht? Dann frage ich mich, ob ich wohl bald ein bedeutender Dirigent sein werde und schüttle heftig den Kopf. Die Freuden und Erfolge der letzten Tage sind mir ganz offensichtlich hoch zu Kopf gestiegen.

Soviel ist klar.

Weil mir noch genügend Zeit bleibt, schlendere ich durch eine Geschäftsstraße, kaufe in einem touristisch orientierten Laden eine Postkarte für mein Tagebuch und bleibe wie angewurzelt stehen, als ich das verzerrte Kreischen eines sogenannten Lachsacks höre. Ein wandernder Händler bietet ihn neben anderem Krimskrams an und schaltet ihn, um Aufmerksamkeit zu erregen, immer wieder ein. Ich habe von den kuriosen Dingern zwar schon gehört, allerdings noch nie einen erlebt: Grotesk kreischend brüllt und lacht das Ding, erinnert mich auch optisch an die bizarren Gestalten der alemannischen Fastnacht und steckt, das wundert mich am meisten, tatsächlich zum Mitlachen an.

„Junger Mann", sagt der Händler, der mit geübtem Auge meine Faszination erkennt, „für dich nur zehn Euro, *zehn*, hier, nehmen Sie ihn, nur zehn, lustig, lustig, hahaha, nicht wahr?"

Ich zögere nur kurz, denn in mir keimt eine grandiose Idee, dann bezahle ich das krank-kreischende Gebilde, lasse mir den Mechanismus erklären und ziehe weiter, zum ersten Mal in meinem Leben mit einem Lachsack im Gepäck.

Auch in der Hochschule läuft alles wie am Schnürchen: Die Noten sind da, es ist zu meinem Schrecken doch ein ordentlicher Packen, den mir der Pförtner in die Hände drückt. Dazu bekomme ich einen Brief und den Schlüssel für den Unterrichtsraum eines Professor Tomaso. So heißt er also. *Tomaso.* Ich finde, das klingt ehr nach einem Sportwagen als nach einem Operntenor. In dem Brief teilt mir Professor Tomaso noch einmal mit, was wir telefonisch bereits besprochen hatten.

Sein Unterrichtsraum ist der Spiegel seiner Eitelkeit: Die Wände sind tapeziert mit Plakaten von Opernaufführungen und Konzerten, an denen er mitgewirkt hat, die Wand um das Klavier herum hängt voller Fotografien auf denen ich ihn trotz ständig wechselnder Kostüme an seinem breiten, selbstzufriedenen Lachen immer leicht erkennen kann. Aber ich halte mich nicht lang bei der Dekoration seines Unterrichtsraumes auf, sondern mache mich gleich ans Üben. Im Raum steht nicht einmal ein Flügel, nur ein kleines, kläglich schepperndes Klavier einer mir unbekannten Firma. Es sind nicht zehn, sondern volle siebzehn Arien, und ich ahne, dass ich hartnäckig werde üben müssen. Also setze ich mich ans Werk, beginne mit der ersten des Stapels und tue mich schon mit des achttaktigen Vorspiels ärgerlich schwer. Während der nächsten zwei Stunden übe ich hartnäckig, allerdings immer wieder unterbrochen von Wutanfällen über meine Langsamkeit.

In diesen Arien begegnet mir eine musikalisch völlig neue Welt: Während ich beim Klavierspielen bisher nur auf zwei Notensysteme zu achten hatte, auf eines für die rechte, eines für die linke Hand, sind es nun mindestens drei Systeme, denn die

Singstimme, manchmal auch zwei, kommen noch hinzu. Bei manchen Arien singt auch noch ein Chor im Hintergrund, so dass ich mit bis zu sieben Systemen kämpfe. Einmal halte ich mein Handy in der Hand, um abzusagen, denn ein rechtzeitiger Rückzug ist besser als eine Blamage. Dann halte ich doch lieber meinen Kopf unter kaltes Wasser, durchstreife mit energischen Schritten die Gänge der Hochschule und verschaffe mir dadurch die für konzentriertes Weiterüben notwendige Erleichterung.

Bei einem meiner verzweifelten Gänge bleibe ich verblüfft vor dem Schwarzen Brett stehen. Mein Zettel, *tausche Freundin gegen Studienplatz*, hat in nur zwei Tagen eine wahre Lawine ausgelöst. Rücksichtslos übereinander geheftet hängt da nun Zettel neben Zettel:

Außer: Tausche Freundin gegen roten Porsche, wird inzwischen alles angeboten: Aberglaube gegen Abzugshaube, Abi gegen ein Ticket nach Jamaika, Suche Unsterblichkeit, biete: Alles.

Kopfschüttelnd stehe ich davor.

Einfall gegen Einfalt, aber auch Zettel mit ernsthafterem Hintergrund finde ich:

Tausche Liebe gegen Ruhe.

„Tja, was man mit einem kleinen Wort für Keime legen kann", höre ich neben mir plötzlich Professor Wiehlich. „Das ist, soweit ich mich erinnere, von Goethe, aber nur vage zitiert.

Überrascht sehe ich ihn an.

„Es wäre an mir, überrascht zu sein, dass wir uns hier begegnen", sagte er lächelnd, „aber ich weiß schon, was sie hier tun. Professor Tomaso rief mich an und fragte nach Ihrer Nummer. Ich war so frei, sie ihm zu geben. Das war doch in Ihrem Sinne?"

„Aber ja, natürlich, es ist eine große Chance für mich", antworte ich aufgeregt.

Wieder hakt er sich bei mir ein, zieht mich in den nächsten Gang, senkt beim Sprechen den Kopf und Stimme und vermittelt so das Gefühl, ganz unter uns zu sein.

„Es ist gut, dass ich Sie treffe. Es hat, wie soll ich sagen, ein kleines Nachspiel wegen Ihrer Prüfung gegeben. Der Kollege Achdel ..." schnell schauen mich seine Augen an, „... Sie wissen wen ich meine?" Ich nicke, weil ich es mir denken kann. Zum Zeichen, dass ich verstehe, von wem er spricht, zeichne ich mit meinem Zeigefinger flüchtig eine Geiernase ins Gesicht.

Wiehlich schaut auf den Boden zurück, als wollte er das nicht gesehen haben, nickt aber:

„Kollege Achdel also", fährt er fort, „will Ihre zweite Prüfung nicht anerkennen und hat sich bei der Hochschulleitung beschwert."

„Oh", sage ich erschrocken.

„Nein, nein, bleiben Sie ganz ruhig, es ist alles in Ordnung. Erstens ist er für sein, sagen wir mal, kompliziertes Wesen bekannt, er hat uns schon viel Ärger bereitet, außerdem haben wir ja Professor Tomaso fest auf unserer Seite. Der war von Ihrer Prüfung begeistert. Wir werden ihn also notfalls überstimmen, den werten Kollegen Achdel, und darauf kommt es an. Ich wollte, dass Sie im Bilde sind."

Wieder schaut er mich an. Seine Augen sind klug und prüfend.

„Ja, Herr Professor", sage ich, jetzt blasser um die Nase.

Diese Unterhaltung mit ihm hängt mir noch nach, als ich versuche, mich wieder auf mein Üben zu konzentrieren.

Das darf doch nicht wahr sein, die Geiernase will protestieren und tut, als wäre ich ihr persönlicher Feind. Was habe ich ihm getan, außer versucht, in der Prüfung so gut wie möglich abzuschneiden? Das muss mir doch gestattet sein?

Um mich wieder zu sammeln, muss ich meinen Kopf gleich dreimal unter den Wasserhahn halten, dann erst kann ich mich der nächsten Arie zuwenden:

Donizetti, ich bringe sie schon alle durcheinander, diese blöden Opernkomponisten aus Italien, *Donizetti, Puccini, Piccini, Rossini, Bellini*, überhaupt wird es höchste Zeit, dass ich Italienisch lerne. Alle Arien, an denen ich bisher geübt habe, waren ausschließlich auf italienisch, und neben dem häufig wiederkehrenden Wort *amore* habe ich nichts verstanden.

Una furtiva lacrima heißt die nächste Arie.

Aber das hab ich doch schon einmal gehört?

Furtiva lacrima?

Wo war das, wo?

Langsam dämmert es mir:

Es war gestern, ja, gestern Abend erst, und es war Ulrikes Mund, aus dem ich diese Wörter zuerst vernommen habe, sie war es, die mir diese Arie als Parodie vorgetragen hat, und zwar zur Klavierbegleitung von Ulrich aus dem Nebenzimmer. Ich schaue die kopierten Blätter genauer an und fahre erschrocken zurück: Rechts oben in der Ecke steht Ulrichs Name?

Wieso das?

Sollte es möglich sein, dass er, ausgerechnet Ulrich der ursprüngliche Begleiter von Tomaso war? Und dass der nur behauptet hat, sein Begleiter sei krank, weil er ihn - ich halte die Luft an: Weil er ihn rausgeschmissen hat?

Ich vergrabe die Finger in meinen Haaren.

Viel weiter komme ich nicht Überlegungen mit meinen Überlegungen, denn in diesem Moment erstürmt Professor Tomaso bester Laune den Raum. Auch wenn er schwer und korpulent ist, bewegt er sich dynamisch und unberechenbar wie ein Tennisball beim Abprall.

„Buona sera, caro!" ruft er mit hellem Organ ins Zimmer, so dass ich erschrocken aufspringe, „da bin ich schon! *Sono qui!* Wunderbar, *Collega! Buona sera!* Schon fleißig bei die Arbeit?"

Er kommt viel früher als vereinbart, ich bin noch längst nicht durch mit seinen siebzehn Arien, darum mache ich kein erfreutes Gesicht, außerdem liegt mir die Sache mit Ulrich noch im Magen.

„Was ist los, traurig heute, junge Kollege? Es ist schöne helle Tag, wir werden wunderbar Probe haben und schöne Abend. Ich lad ein zu gutte Essen bei *uno amico* in *restaurante italiano!* Gutte Essen!"

Er schnalzt mit der Zunge, leckt sich die Finger und grinst über das ganze, runde Gesicht. Plötzlich lacht er auf und schlägt mir seine kleine rundliche Hand auf die Schulter:

„Ich habe heute große Tag, ich habe Erfindung gemacht! *Certo,* höre ..."

Er setzt sich mit so großer Selbstverständlichkeit auf einen breiten, thronartigen Stuhl, dass ich vermute, dass er von dort aus seine Unterrichtsstunden leitet:

„Vor meine Haus ich habe Zebrastreifen und immer ärgerlich, wenn wenig Auto bremse, aber nach deutsche Gesetz muss bremse. Und heute neue

Erfindung! Haha, hoho! Trick ist, in die falsche Richtung gucke!"

Er lacht wieder laut, aber als er merkt, dass ich es nicht verstanden habe, erklärt er mir:

„Ich über Straße gehe, aber in falsche Richtung gucke, dann Fahrer von Auto bekomme Schreck und besser bremse. Ich fünfmal probiert, hin und her, Auto immer anhalten. Ich denken: Autofahrer sehen dicke Mann, dicke Mann nicht gucken, denken Auofahrer: Dicke Mann dumm, dicke Mann in Gedanken, und Bums! Auto kaputt, dicke Mann kaputt, also Autofahrer bremsen! Hahaha ...!"

Mit Mühe ringe ich mir ein bisschen Lachen ab, dann steht er behände auf und tritt zu mir ans Klavier.

„Wo wir beginnen?" fragt er und schaut mir über die Schultern:

„Oh, benissimo: Donizetti!"

Dann produziert er ein paar laute und seltsam jodelnde Töne:

„Ma-ma-ma Mi-mi-mi. Mo-mo-mo"

Ich vermute, das sind Einsingübungen.

Panisch überfliegen meine Augen unterdessen die noch nicht geübten Noten von Donizetti, *Sechzehntel-Arpeggien* der Linken und die Achtelmelodie in der Rechten.

„Bene!" sagt er, legt seine Hand auf meine Schulter, und dann, feierlich auffordernd:

„Maestro!"

Ich beginne.

Schon nach den ersten Tönen zieht er seine Hand von meiner Schulter, nach dem ersten Takt beginnt er neben mir stehend wild mit den Armen zu rudern und „*Più mosso! Più mosso! Schneller!*" zu rufen.

Ich versuche, das, was langsam schon nicht recht ging, zu beschleunigen und breche darüber im zweiten Takt völlig zusammen.

Fassungslos starrt er mich an.

Ich merke das, obwohl ich meine Augen verzweifelt auf die Noten geheftet halte und seinem Blick nicht zu begegnen wage.

„Noch einmal. *Ancora una volta!*"

Alle Freundlichkeit ist aus seiner Stimme gewichen. Ich schlucke, der Schweiß tritt auf meine Stirn, meine Finger versteifen und das Ergebnis des zweiten Versuchs fällt noch kläglicher aus. Da reißt er die Noten vom Klavier, dass sie wie Herbstlaub zu Boden segeln und brüllt:

"Stop! *Basta!* Jetzt das!"

Er meint damit die nächste Arie, diejenige, die hinter dem *Donizetti* stand - nun also vor mir steht - und die ich bisher noch nicht gespielt hatte.

„Ich ... ich ... habe die ..." versuche ich anzusetzen, er aber wiederholt donnernd:

„Los!"

Da bleibt mir nichts anderes übrig. In der Eile übersehe ich, dass nun Kreuzvorzeichen stehen, und höchstens fünf Sekunden später fliegen auch diese Noten in hohem Bogen durchs Zimmer.

Er brüllt: "Falsch, falsch, alle falsch! Tempo falsch, Töne falsch! Phrasierung falsch! Falsch, alle falsch, falsch", und trampelt auf den Noten herum.

*

Eine halbe Stunde später finde ich mich im Café um die Ecke wieder, und Ulrike, die plötzlich vor mir steht, schaut mir erschrocken in die Augen und sagt:

„Du siehst mal wieder nach einem Grappa aus. Du bist ja ganz blass!"

Ich nicke kraftlos und muss mich anstrengen, bei ihrem Anblick und Angebot nicht loszuheulen, so sehr hat mir das letzte Ereignis zugesetzt. Natürlich hat Tomaso mich rausgeschmissen. Und die Art kann man nur als ‚hochkant' bezeichnen. Davor aber musste ich noch die Erniedrigung über mich ergehen lassen, die heruntergeworfenen Noten aufzusammeln, sie glatt zu streichen und neu zu sortieren. Währenddessen telefonierte er, entschuldigte sich bei irgendwem für irgendetwas, erhöhte sein Angebot von sechs- auf achthundert Euro und versprach, dass die Noten innerhalb der nächsten Stunde gebracht würden. Ohne mich eines weiteren Blickes zu würdigen, stellte er mir eine Adresse auf das Klavier und befahl:

„Bring die Noten dahin, *subito!"*

Dann ging er.

Wortlos.

Grußlos.

Blicklos.

Und etwas später erkannte ich mit Entsetzen Ulrichs Name und Adresse auf dem Zettel.

Also blieb mir nichts Anderes übrig:

Mit schweren Schritten lief ich den mir jetzt schon vertrauten Weg, klingelte und drückte Ulrich schweigend die Blätter in die Hand.

„Arschloch!" sagte der zu mir, nahm die Noten und schlug die Tür knallend vor meiner Nase zu.

Nun sitze ich niedergeschlagen an einem Tisch auf der Terrasse von Jean Barts Café. Ulrike bringt mir Grappa und stellt ihn vor mich. Leise murmelt sie:

„Den musst du diesmal aber selbst bezahlen. Der Chef ist da. Du sollst gleich zu ihm ins Büro kommen ..."

Gequält schau ich auf:

„Ich will aber heute nicht arbeiten ..."

Im Gehen zischt sie mir zu:

„Trotzdem. Er erwartet dich."

Ich seufze tief, schaue auf den heute viel sparsamer eingeschenkten Grappa und hoffe, er möge sich ebenso gut anfühlen wie das letzte Mal. Langsam führe ich das Glas an den Mund, schnuppere, aber er sticht eher in der Nase, als dass er duftet.

Dann trinke ich.

Der Grappa ist unerwartet streng und stark, so dass ich den Kopf schütteln und husten muss, wodurch mir etwas in die Nase gerät. Mir brennen Augen und Rachen wie Feuer, das Husten verschafft keine Erleichterung und will sich gar nicht mehr beruhigen, so dass ich durch die Erschütterungen den restlichen Inhalt des Glases auf meine Hose kippe.

Wie ärgerlich. Das waren jetzt also drei Euro fünfzig. Ulrike wirft mir im Vorbeigehen eine Serviette zu und erinnert mich eindringlich:

„Der Chef!"

„Ja, ja", entgegne ich genervt, tupfe, soweit das möglich ist, meine Hose trocken, stehe auf und gehe ins Café, an der Theke vorbei, durch die Küche zum Büro.

Jean Bart sitzt wie gestern hinter seinem engen Schreibtisch und schwitzt. Sein Schweiß hat sich in seinem aufgequollenen Gesicht überall angesammelt, wo er nicht abfließen kann. Ich frage mich, ob ich ihm eine Serviette reichen soll, lasse es aber und frage statt dessen, ob ich den Ventilator einschalten soll.

Seltsam langsam schüttelt er den fetten Kopf.

Als ich mich gerade zu wundern beginne, warum er so lang nichts sagt, schlägt er plötzlich mit der flachen Hand und so ungeheuerer Wucht auf den Tisch, dass ich vor Schreck fast aus dem Büro springe.

„Vor Angst in die Windel gemacht?" fragt er mit krächzender Stimme und zeigt mit stummelig-kurzem Finger auf meine Hose. Tatsächlich, die Nässe des Grappa hat sich ungünstig verteilt.

„Nein", sage ich und versuche zu lächeln, was mir bei dem eben erlittenen Schrecken aber nicht gelingt. Da schneidet ein zweiter Schlag mir das Wort ab:

„Du Hosendreck! Wie kann man nur so grunzdumm sein wie du!"

„Wie bitte?" frage ich und starre ihn an.

Er kneift seine Augen zu engen Schlitzen, als verschanzte er sich in einer Festung aus Fett:

„Es ist doch wohl klar, dass ich dich und deine Kasse besonders im Auge habe, wenn du zum ersten Mal bei mir arbeitest, oder?"

„Aber ich ..."

Ein dritter Schlag bringt eine Kiste mit Stiften zum Umsturz, polternd fällt sie zu Boden, die Stifte verteilen sich rollend über dem ganzen Boden.

„Hier! Hier liegt gleich das Geld, das in der Kasse fehlt!"

Ich starre ihn an.

„Hier!"

„Aber ..." beginne ich ganz leise, weil ich mich vor einem weiteren Donnerschlag fürchte.

Langsam und drohend schüttelt er den Kopf:

„Kein aber! Und wage es nicht, jemand anderen zu beschuldigen! Ich kann meinen Mitarbeitern vertrauen. Aber du ..." und jetzt stößt sein Zeigefinger mit Nachdruck und im Rhythmus seiner Worte auf die Schreibtischplatte, „... du legst jetzt und hier auf diesen Tisch, was mir gehört! Und zwar vierunddreißig Euro von der gestrigen Kassenabrechnung! Dazu die sechs Euro von den zwanzig, die ich auf den Schreibtisch gelegt hatte: Zwei Stunden Arbeit zu je sieben Euro, das macht vierzehn, du Hornochse! Oder dachtest du, ich schenke dir eine ganze Stunde Arbeit?"

Mit bösem Hohn blitzen seine kleinen Augen mich an:

„Dazu die drei Euro fünfzig für den nicht bezahlten Grappa gestern. Das macht mit dem Grappa auf deiner Hose genau siebenundvierzig Euro!"

Sein Zeigefinger zeigt auf mich:

„Oder glaubst du, ich lasse mich von einem Hosenscheißer wie dir über den Tisch ziehen? Wenn nicht in einer Minute das Geld auf diesem Tisch liegt, rufe ich mit diesem Telefon die Polizei!"

Er schweigt und schaut mich mit seinen in Fettpolstern schwimmenden Augen unbeweglich wie eine Mumie an.

Siebenundvierzig Euro?

Habe ich noch so viel? Ich krame nach meinem Geldbeutel, öffne ihn, ja, da ist mein letzter Fünfzig-Euro-Schein. Den lege auf den Tisch. Jean Bart streckt seine kurzen Arme aus, öffnet eine kleine

Schublade vor seinem ausladenden Bauch, schiebt den Schein hinein. Dann wirft er mir drei Eurostücke über den Tisch entgegen.

„Raus jetzt! Du hast Lokalverbot. Lass' dich hier nicht mehr blicken!"

Sprachlos stehe ich auf, gehe, durchquere langsam die Küche, komme zurück ins Café, bleibe dort nachdenklich stehen, schüttle in kurzen, schnellen Bewegungen meinen Kopf, wahrscheinlich um zu probieren, ob ich das vielleicht doch nur geträumt habe. Aber ein neuerliches „Raus hier!" in meinem Rücken von Jean Bart überzeugt mich schnell davon, dass es tatsächlich Wirklichkeit war.

Draußen finde ich Ulrike bei der Arbeit.

Sie kassiert lachend, flirtend bei zwei jungen Männern. Auf dem Rückweg ins Café kommt sie auf mich zu, aber ihre Augen weichen mir aus.

„Ulrike ...", beginne ich leise und strecke meine Hand nach ihr aus.

„Nicht jetzt. Ich muss arbeiten", unterbricht sie mich zischend und schiebt sich mit unhöflichem Nachdruck an mir vorbei ins Café.

Ich drehe mich nach ihr um, will ihr etwas nachrufen, aber mir fehlen die Worte. Ich sehe noch ihren Pferdeschwanz in der Küche verschwinden.

*

Als ich eine Stunde später die fünfte Etage erreiche, schaut mir Malina forschend entgegen:

„Ich habe schon davon gehört", sagt sie, als ich mit hängendem Kopf in den Flut trete.

„Was?" frage ich zurück.

„Dass aus dem Konzert nichts wird ..."

„Woher weißt du das?" frage ich matt.

„Von Ulrich", gesteht sie leise.

Ich nicke resigniert. So schnell also ticken hier die Drähte.

„Ja", seufze ich, „aber das ist nicht das Schlimmste, denn das Schlimmste ist, wie blöd ich mich angestellt habe, unendlich blöd. Entsetzlich! Tomaso konnte nur so reagieren. Ich werde wochenlang nicht einschlafen können, weil ich immer daran denken muss ..."

Traurig schaue ich sie an:

„Ich bin so blöd", stöhne ich.

Malina nimmt mich in den Arm und verströmt dabei so viel Innigkeit und Wärme, dass mir ganz mulmig wird. Lange verharren wir so. Ich sauge den Mut, den sie fühlbar spendet, gierig auf.

„Komm jetzt", sagt sie dann, „ich habe etwas zu Essen gekocht."

Gerührt folge ich ihr die zwei Schritte in die kleine Küche. Tatsächlich, es duftet nach Essen, vor allem nach heißem Dampf. Zwei Teller stehen auf dem Tischchen bereit:

"Setz' dich."

Sie versenkt eine handvoll Spaghetti im kochenden Nudelwasser, in einem anderen Topf blubbert eine Soße und wirft träge Blasen. Hat sie denn so genau gewusst, wann ich kommen würde und mich erwartet?

„Was machst du nun?" fragt sie und lehnt sich an den Kühlschrank.

Ich zucke nur mit einer Schulter, als reichte die Kraft für die zweite nicht mehr.

„Hm ..." mache ich, denn das ist die energie-sparende Variation von *ich weiß nicht.*

„Ich glaube, ich gehe schlafen. Für mehrere Tage oder Wochen", gestehe ich. Sie nickt mit einge-zogenen Lippen und wendet mir wieder ihre Rück-seite zu.

Ja, was mache ich jetzt? Wie werde ich dieses entsetzliche Gefühl wieder los? Soll ich tatsächlich schlafen gehen? Geht das denn? Vorhin dachte ich noch, ich würde nie wieder einschlafen können. Ich könnte aber auch schon heute zu Corinna zurück-fahren. Bestimmt gibt es um diese Zeit noch eine Zugverbindung. Aber nein: Wiehlich hat mir ja auf-getragen, mich wegen des Assistentenjobs im Sekre-tariat zu melden. Das werde ich morgen als erstes tun. Und dann fahre ich ohne weitere Umwege di-rekt zu Corinna. Wie dringend ich nach diesen her-ben Rückschlägen ihren Trost brauche, habe ich ge-ahnt, als ich mich für den Moment in Malinas Ar-men erholen durfte.

Wir essen schweigend, wobei ihre Blicke im-mer wieder weich und fast liebevoll durch meine matten Gesichtszüge wandern. Ich glaube, ihr Herz regt sich vor allem bei Menschen in Not: Dass hinter Ulrichs großen Reden und seiner von tausend Büchern ummauerten Wichtigtuerei eigentlich ein armes Würstchen sitzt, kann ich mir denken. Und Professor Tick kann einem sowieso nur leid tun.

„Ach", seufze ich um zu probieren, wie sie re-agiert. Tatsächlich, es funktioniert: Sofort legt sie Löffel und Gabel beiseite und ihre Hände auf meine Unterarme, als würde sie mich im Notfall aus allen Schlünden und Abgründen der Welt ziehen.

„Ach, ach", stöhne ich daraufhin, prompt steht sie auf, stellt sich vor mich und drückt meinen Kopf mit dem Gesicht voran gegen sich. Schöner kann ich es mir im Augenblick nicht denken, darum verschiebe ich ein dreifaches *Ach* auf später.

Als ich nach einiger Zeit meinen Kopf etwas bewege, als wollte ich mich tiefer in sie hineinschmiegen, und mein Gesicht dabei an ihren weichen Brüsten reibe, löst sie sich sofort von mir und setzt sich wieder auf ihren Platz.

„Das wird schon wieder", wählt sie nun die verbale Variante des Trostes, „du fängst mit dem Studium doch erst an!"

Ich nicke schwer und überlege, ob ich ihr auch von der zweiten Katastrophe, von Jean Bart, erzähle, aber mir wird bewusst, dass ich das nicht kann, ohne dabei Ulrike anzuklagen. Also belasse ich es bei einem Nicken und wir essen weiter.

„Danke noch mal für das Essen", murmle ich.

Sie schaut mich an, als hätte sie sich zu etwas Wichtigem durchgerungen.

„Du", sagt sie dann bemüht, aber doch mit fester Stimme, „du solltest nicht so viel trinken ..."

Verwundert hebe ich die Augen und schaue sie an, aber sie blickt auf ihren Nudelteller herunter.

„Man riecht das", fügt sie leiser hinzu.

„Aber", beginne ich eilig, mich zu verteidigen, „den ganzen blöden Grappa habe ich mir aus Versehen auf die Hose gekippt, beim Husten, deswegen stinkt es ..."

„Ach so", flüstert sie, und dann: „Schon gut."

Natürlich glaubt sie mir kein Wort. Wieder essen wir eine Weile ohne zu sprechen, und wieder ist es Malina, die beginnt:

„Wenn das Konzert nicht stattfindet, wirst du heute Abend schon abreisen, oder?"

„Nein", antworte ich kauend, „ich muss morgen ins Sekretariat."

„Warum denn das?"

„Wegen einer Assistentenstelle."

Es fehlte nicht viel, und Malina wäre die Gabel in den Teller gefallen:

„Assistentenstelle?" fragt sie heftig, „du hast eine Assistentenstelle? Etwa bei Wiehlich?"

Ihr Löffel kippt in den Teller.

Ich nicke und ahne, warum sie so heftig reagiert: Sie kombiniert den Zusammenhang mit Ulrich. Eine Weile sitzt sie unbeweglich, dann sagt sie mehr zu sich als zu mir:

„Du bekommst die Stelle von Ulrich ..."

Ich zucke zum Zeichen meiner Unschuld mit den Achseln. Ja, das ist wohl so. Aber Wiehlich hat das entschieden, nicht ich. Was kann ich also dafür? Plötzlich steht Malina auf, wendet sich von mir ab und fragt nach einer Weile in Richtung Küchenfenster:

„Weißt du im entferntesten, was das für Ulrich bedeuten würde?"

Weil sie noch immer abgewendet steht und mich nicht sieht, hilft kein Kopfschütteln als Antwort. Das Wort *nein* aber könnte sie missdeuten und glauben, dass mich interessieren würde, was es für ihn bedeutet. Das tut es aber nicht im Geringsten. Ulrich interessiert mich nicht. Darum antworte ich nur:

„Warum ‚würde'?"

Ihre Reglosigkeit wirkt, als würde sie nachdenken. Habe ich zu hart zurückgefragt?

„Weil du darauf verzichtest?" fragt sie dann.

Was sagt sie da?

„Warum sollte ich?" poltert es empört aus mir.

„Seinetwegen ..."

Bevor ich unter höhnischem Lachen: „Niemals!" rufen kann, fügt sie leiser hinzu:

„... und meinetwegen ..."

Immer noch steht sie mit dem Rücken zu mir, völlig reglos. Die Assistentenstelle muss Ulrichs halbes Leben bedeuten, und er wiederum das halbe Leben Malinas. Anders kann ich mir ihre Reaktion nicht erklären. Ich schweige, um nichts Falsches zu sagen. Nach einer Weile setzt Malina sich wieder an den Tisch, starrt auf ihren Teller, aber der Appetit scheint ihr vergangen zu sein.

Ich esse, und als ich fertig bin, stehe ich auf.

„Denk' bitte drüber nach", sagt Malina.

Ich nicke aus reiner Rücksicht.

Dann gehe ich in mein künftiges Zimmer und lege ich mich auf den Schlafsack, das Fenster über mir weit geöffnet, um den durchdringenden Schimmelgeruch zu vertreiben, der neben mir aus dem schmutziggelben Teppichboden aufsteigt.

Meine Arme verschränke ich hinter dem Kopf und starre an die niedrige Decke über mir. Sofort erscheinen auf der weißen Fläche wieder diese verfluchten *Sechzehntel-Arpeggien* der linken Hand vor meinen Augen, und zähneknirschend erkenne ich, dass ich nur den Rhythmus nicht kapiert habe: Ich habe den simplen Sechs-Achtel-Takt einfach nicht erkannt, darum konnte es gar nicht klappen.

Was für ein Pech.

Es klopft schon wenige Sekunden später und die Noten an der Decke lösen sich in Nichts auf. Die Tür öffnet sich und Malinas Kopf schaut herein. Sie trägt eine Tasche um die Schulter, als würde sie das Haus verlassen.

„Ciao", sagt sie zu mir, nur den Kopf und eine Hand mit einem Blatt in mein Zimmer streckend: „Ich gehe jetzt. Vielleicht bleibe ich auch über Nacht weg. Dann sehen wir uns vor deinem Einzug also nicht wieder. Ich wollte dir Tschüss sagen und dich bitten, zu deiner Telefonnummer auf diesen Zettel auch deine Adresse zu schreiben, damit ich dir den Mietvertrag zuschicken kann."

Ich stehe auf, nehme den Zettel entgegen, auf dem ich meine Handynummer notiert hatte und auf dessen Rückseite mein Tauschangebot steht, schreibe meine volle Adresse dazu und frage:

„Du gehst also zu ihm?"

Sie nickt.

„Sagst du es ihm?"

„Weiß er es noch nicht?" fragt sie zurück.

„Nein, jedenfalls nicht von mir", antworte ich.

Nachdenklich schaut sie auf meine Adresse, dann dreht sie das Blatt, will es knicken, hält inne, liest *Freundin zu verschenken*, dreht es zurück, vergleicht, wendet es noch einmal.

Dann schaut sie mich entsetzt an:

„Das ist ja deine Schrift! Das ist ja von dir, dieser entsetzliche Machospruch da vorne!"

Ich lächle verlegen, denn leugnen hat keinen Sinn, und sage:

„Das war nur so ein blöder Spaß ..."

„Spaß?" faucht sie, „das soll ein Spaß sein? Meinst du, irgendwer hat Lust darüber zu lachen?"

Sie fuchtelt mit dem Blatt vor meiner Nase:

„Weiß deine Freundin davon? Findet sie das etwa witzig?

Ich schaue verlegen zu Boden.

„Und du, du lachst über so was, du findest das witzig? Hast du mal darüber nachgedacht, was für ein Bild du von Menschen hast, wie du so mit ihnen umgehst?"

Sie wird immer wütender.

„Aber das war doch wirklich nicht ernst gemeint ..."

„Um so schlimmer!"

Sie wirft das Papier in mein künftiges Zimmer und schließt mit lautem Krach die Tür. Ich hebe es auf und eile ihr nach, aber da schlägt schon die Eingangstür ins Schloss.

Fort ist sie.

Betreten bleib ich auf der Schwelle stehen und starre abwechselnd auf das Blatt in meiner Hand und auf die geschlossene Eingangstür, als Claude neugierig aus seinem Zimmer schaut:

„Was war denn?" fragt er, „war das Malina? So kenne ich sie gar nicht! Was hatte sie denn? Hattet ihr euren ersten Ehekrach?"

Schweigend zeige ich ihm den Zettel mit dem Tauschangebot.

Verständnislos guckt er darauf:

„Den kenne ich schon, diesen miesen Wisch. Aber der Zettel stammt doch nicht von ihrem angebeteten von Ulrich, oder?"

Ich schüttle den Kopf.

„Warum regt sich Malina dann so auf?"

Er schaut mich stirnrunzelnd an und bewegt schnuppernd seine Nase, dann verschwindet wieder in sein Zimmer. Ich kehre in meines zurück. Soll das jetzt bedeuten, dass ich das Zimmer doch nicht bekomme, oder warum hat sie mir meine Adresse ins Gesicht geworfen?

Schlimmstenfalls schon.

Aber wahrscheinlich war sie vor allen Dingen wegen der Assistentenstelle wütend und verzweifelt. Ich nehme ein neues Blatt, schreibe meine Adresse fein säuberlich ab und *für Malina* darüber. Den anderen Zettel zerreiße ich in feine Stücke und lasse die aus dem Fenster fliegen. Dann lege ich mich auf meinen Schlafsack zurück, schließe die Augen und nehme mir vor, mich heute nicht mehr zu bewegen.

Heute geht alles schief.

*

Das Rauschen des *cis-moll-Improptus* auf meinem Handy weckt mich. Ich muss tatsächlich eingeschlafen sein. Ich schrecke auf, um mich ist es dunkel, ist es etwa schon Nacht? Das Display des Handys blinkt hektisch als optisches Zeichen eines Anrufs und ich lese Corinnas Namen.

Es ist elf Uhr.

Ich staune: Sie wagt es tatsächlich noch, mich anzurufen, sie riskiert es, nein, sie probiert es.

Blitzschnell richte ich mich auf, durchwühle in sekundenschnelle meinen Rucksack, finde, was ich suche, brauche aber eine Weile, den Knopf zum Einschalten zu ertasten, endlich klappt es, und ein teuflisch-verzerrtes Lachen erfüllt den leeren Raum. In der Dunkelheit wirkt es besonders böse und gnomenhaft kreischend. Jetzt nehme ich das Telefongespräch an und presse das Handy dicht an den Lachsack. Zwanzig Sekunden lasse ich so verstreichen, dann unterbreche ich die Verbindung wieder, schalte Handy und Lachsack aus und lehne mich erleichtert an die Zimmerwand. Also habe ich heute wenigstens eine gute Aktion zuwege gebracht. In die Dunkelheit des Zimmers hinein grinsend stelle ich mir Corinnas Fassungslosigkeit vor.

Morgen, wenn wir uns wieder sehen, behaupte ich, in einem Handyladen hätte man mir gesagt, so etwas käme manchmal vor, es wäre wahrscheinlich das Werk von sogenannten *Handyhackern*, sei aber harmlos und würde in der Regel nach ein paar Tagen von selbst aufhören.

Dann wenden meine Gedanken sich wieder der Szene mit Malina zu. Hoffentlich verraucht ihr Ärger schnell, denn ich brauche das Zimmer.

Ich stehe auf, um nachzuschauen, ob sie vielleicht doch nach Hause gekommen ist.

Im Flur ist es dunkel, auch sonst sehe ich kein Licht unter den Türritzen hervorschimmern. Ich sollte Malina noch einmal daran erinnern, dass sie von mir als Mitbewohner profitieren würde, weil ich ein Klavier besitze und sie begleiten kann. Also hole ich den Zettel mit meiner Adresse und dem Gruß und schreibe als *PS* in feierlich großer Schrift:

Freue mich auf gemeinsame Reisen durch die Lieder von Brahms!

Unübersehbar platziere ich das Blatt in der Mitte des winzigen Flures, aber während ich mich langsam erhebe, wird mir plötzlich klar, warum ich niemals in dieser Wohnung auch nur ein Lied von Brahms begleiten werde ...

Niemals!

Und nicht nur das:

Warum ich auf keinen Fall hier einziehen werde. Wie ein gefangenes Tier, das nach einem Fluchtweg sucht, drehe ich mich hektisch und mehrfach im Kreis, aber es bleibt dabei:

Es geht nicht.

Niemals.

Dieser Flur ist zu klein!

Es ist völlig ausgeschlossen, ein Klavier um diese knappen Ecken und engen Winkel in mein Zimmer zu befördern, es ist völlig unmöglich! Schon bei einem normalen Sessel würde es Schwierigkeiten geben, aber ein Klavier - hochkant, quer, schräg: Nein.

Völlig unmöglich.

Kraftlos sinke ich zurück auf den Boden, vergrabe meine Stirn in den Händen, raufe mir die Haare und wimmere verzweifelt:

„Oh nein, nein, nein, das darf doch nicht wahr sein ... das war's dann ..."

Und als ich meinen Zettel auf dem Boden zwischen den Fingern fühle, knülle ich ihn zusammen und bin kurz davor, ihn vor Wut und Enttäuschung zu verspeisen.

Da öffnet sich plötzlich die Türe von Claudes Zimmer direkt vor meinem Gesicht, das ich gerade in meiner Verzweiflung auf den Boden presse. Ich sehe seine nackten Füße mit ekelhaft ungepflegten Nägeln. Während ich mich langsam aufrichte, höre ich seine Stimme:

„Betest du in Richtung Osten oder bist du diesmal völlig betrunken? Du bist schon ein Scheiß-Typ, weißt du das eigentlich?"

Als ich mich hoch genug aufgerichtet habe um ihn ansehen zu können, hat er die Tür seines Zimmers schon wieder geschlossen.

4.Tag

Am nächsten Morgen tut mir der Rücken weh, denn der Boden war zu hart für meinen verwöhnten Körper. Ächzend winde ich mich aus dem Schlafsack und mache vorsichtig ein paar gymnastische Übungen, um wieder beweglich zu werden. Dann setze ich mich stöhnend auf, die Last der gestrigen Niederlagen noch wie Steine auf dem Herzen.

Es ergab sich alles so einfach, lief wie am Schnürchen, aber dann ...

Bevor ich in Trübsaal versinke, raffe ich mich schwerfällig auf. Auch dieser Tag muss begonnen werden, sonst kann er nicht vorübergehen. Ich schalte mein Handy ein, es ist halb neun. Zuerst sende ich eine SMS an Corinna, in der ich ihr mitteile, wie sehr ich mich auf sie freue. Und dass sie am Nachmittag mit mir rechnen könne, so gegen fünfzehn Uhr, und zwar mit weiteren Neuigkeiten.

Nach wieder nur verkürztem Zähneputzen und sentimentalem Abschiednehmen von der schönen Vorstellung, Mitnutzer dieses netten, kleinen Badezimmers zu werden, schreibe ich einen Abschiedsgruß an Malina und Claude. Dann mache ich mich langsam, kaffeelos und traurig auf den Weg die endlosen fünf Etagen hinunter zur Straße. Mein Rucksack wiegt heute schwerer denn je, und das, obwohl ich die Stufen herunter, und nicht hinauf gehe.

Als ich die Straße erreiche und mich blinzelnd im Licht des hellen Tages orientiere, sehe ich die Augen eines älteren Mannes von der gegenüberliegenden Straßenseite stechend auf mich gerichtet. Er sitzt auf einer Bank, hat beide Hände auf einen Spazierstock, den Kopf auf die Hände gelehnt und fixiert mich in fester, starrer Linie. Ich schaue verwundert zurück, er wendet die Augen keine Sekunde von mir, im Gegenteil, es ist, als ob er sie weiter aufreißen würde.

Aug in Aug mit ihm überquere ich die Straße, verwundert und gleichzeitig fasziniert von seinem starren Blick. Als ich nur noch wenige Meter von ihm entfernt bin, steht er auf, seine Hände, die das Gesicht bisher verdeckt hatten, bleiben auf den Stock gestützt, und plötzlich erkenne ich ihn an seiner großen, geierhaften Nase: Es ist niemand anderes als Professor Tick, der mir da mit dem Ausdruck unergründlichen Hasses entgegenstarrt.

Fieberhaft überlege ich, mit welchen Worten ich ihn begrüßen kann. Bevor ich noch zu einem Entschluss gekommen bin, hebt er seinen Stock, das aber nicht, zum Dirigieren, *Hemmung und Tick,* nein, er will ihn offensichtlich als Waffe gegen mich verwenden, und krächzt mit verzweifelter Stimme:

„Sie? Sie schon wieder?"

Ich zucke ratlos mit den Achseln, was soll ich dazu sagen? Entschuldigung, dass es mich gibt?

„Wo ist Malina? Was haben Sie mit Malina angestellt?"

Damit scheint er den Satz gefunden zu haben, der seine wichtigste Frage am besten ausdrückt, denn wilder mit dem Spazierstock fuchtelnd wiederholt er sie:

„Was haben Sie mit Malina angestellt? Was haben sie mit Malina angestellt?"

Die metallverstärkte Spitze seines Stockes kommt mir gefährlich nahe, schon muss ich ausweichen, werfe meinen Rucksack vom Rücken, um ihn als Schild schützend vor mich zu halten und rufe:

„Nichts, nichts, was soll ich denn mit ihr angestellt haben? Nichts!"

Passanten bleiben teils verwundert, teils erschrocken stehen und rätseln, welchen Hintergrund dieser ungleiche Kampf haben mag. Wahrscheinlich vermutet man in mir einen Lustmolch und in dem erzürnten älteren Herrn den Vater einer verführten Tochter. Eine Szene aus Mozarts Oper *Don Giovanni* oder so:

„Sie war heute Nacht doch gar nicht in der Wohnung", rufe ich ihm zu meiner Verteidigung zu. Da wird sein fechtender Arm schwächer, so dass ich hinzufügen kann:

„Sie war bei diesem Ulrich!"

Ungläubig starrt er mich an, sein Arm sinkt kraftlos, dann werden seine Knie weich, schlackern, so dass er sich mit seinem Stock abstützen muss, vergeblich allerdings, denn wie in Zeitlupe und vom Aufschrei mehrerer Zeugen begleitet, fällt er um, stürzt zur Seite, rollt kaum ab, und bleibt liegen wie ein gefällter Baum, reglos und mit aufgerissenen Augen. Fassungslos und darum viel zu langsam lasse ich meinen Rucksack sinken, setze ihn ab, laufe zu Professor Tick, knie mich an seiner Seite nieder. Da knien schon zwei andere, eine dritte Stimme ruft laut hinter mir:

„Einen Arzt, schnell einen Arzt!"

Ich nehme seine Hand, sie ist eiskalt, aber sie zuckt, also lebt er, und nun sehe ich, dass auch seine Beine zucken, leicht und in unregelmäßigen Abständen, aber sie zucken wenigstens. Quälende Minuten später kommt unter Sirenenheulen ein Notarztwagen, er bremst neben uns, und mit professioneller Energie stürzen sich zwei junge Sanitäter auf Professor Tick, treiben energisch die Augenzeugen zurück, ein *Reanimier-Gerät* – ich weiß nicht, wie das richtig heißt und sehe es in diesem Moment auch zum ersten Mal in meinem Leben wahrhaftig - wird neben Professor Tick gestellt, schnell wende ich mich ab, ziehe mich entsetzt zurück.

Was war das?

Hat er die ganze Nacht über auf Malina gewartet, gehofft?

Er hat in mir einen erfolgreichen Nebenbuhler vermutet, aber erst der Name Ulrich hat ihn zu Fall gebracht.

Ist er doch tot?

Lebte er noch, wenn ich nicht aus der Türe getreten wäre und seine Gedanken in die Irre geführt hätte?

Nicht weil ich fliehen will, nein, ich bin mir keiner Schuld bewusst, sondern weil ich nicht ertragen kann, den Sanitätern bei der Arbeit zuzusehen, gehe ich weiter und weiter, entferne mich von dem Unfallort in Richtung Fluss und Park.

Wie er gezuckt hat, das war nicht gut ...

Ich kenne mich nicht im Geringsten aus, aber ein Reanimierapparat könnte das Richtige gewesen sein ... *Defri* ... mir fällt das richtige Wort nicht ein ... *brator* ... nein ...

Muss ich mich darum kümmern, wie es ihm weiter ergangen ist?

Kann ich mich darum kümmern?

Wie könnte ich das?

Muss ich in der Hochschule Bescheid geben?

Ich muss, ja, natürlich muss ich, und zwar allein schon darum, weil noch andere Fragen offen stehen. Endlich weiß ich, was ich zu tun habe. Sofort beschleunige ich meinen Schritt: Ja, ich muss ins Sekretariat, muss es jemanden erzählen, wollte ja sowieso dahin.

*

Keine Viertelstunde später betrete ich gehetzt und atemlos die Hochschule, habe diesmal für das blätterübersäte Schwarze Brett kein Auge, sondern stürme gleich und ohne anzuklopfen ins Sekretariat. Schnaufend stehe ich an einer Art Tresen und poche ungeduldig mit der Faust auf die Platte:

„Moment doch, einen Moment Geduld!"

Die Stimme ist weiblich und unfreundlich. Es braucht einige Sekunden, bis ich ihre Herkunft ausfindig machen kann: Fast völlig hinter einem großen Bildschirm verborgen sitzt sie, und es vergehen noch viele Sekunden, bis sie sich endlich zeigt und ich sehe, dass sie altersmäßig gut meine Mutter sein könnte.

„Ja?" fragt sie, hörbar ungern zu Diensten.

Hastig nenne ich meinen Namen. Dann sprudeln die Worte wirr und verzweifelt aus mir heraus.

Ich sehe, dass sie mich nicht versteht, vielleicht nicht einmal verstehen will, weil meine Wünsche nicht in einem Formular erfasst werden können. Sie hebt mir ihre beringte Handfläche bremsend entgegen und ich verstumme mitten im Satz.

„Moment mal. Eins nach dem andern."

Nun steht sie schwerfällig auf, greift in einen mir nicht sichtbaren Behälter, fischt daraus einen Briefumschlag, kommt zu mir, legt den Brief auf den Tresen und sagt:

„Dann brauche ich den schon mal nicht mehr zu schicken ..."

Damit schiebt sie mir den Brief zu.

„Und jetzt noch mal von vorne. Was war das eben? Welcher Professor ist gestürzt?"

So gut ich kann schildere ich die Szene erneut, diesmal etwas ruhiger. Es ist erschwerend, dass mir der richtige Name von Professor Tick nicht einfällt, obwohl ich ihn von Wiehlich gehört hatte. Bals aber merke ich, dass die Sekretärin an dem Vorfall nicht interessiert ist, man könnte ihr auch die Geschichte vom umfallenden Reissack in China erzählen. Wenn irgendein Professor wie und wo auch immer erkrankt ist, wird sie das früher oder später in Form einer Krankmeldung erfahren. Vorher ist nichts offiziell. Also nicht von Interesse. Jedenfalls nicht für sie. Als sie die Aufregung in meinen Augen sieht, legt sie ihre Hand auf meine und sagt:

„Alles ist gut. Sonst noch was?"

Ich atme zweimal tief durch.

Ja. Alles ist gut, wiederhole ich in mir.

Jedenfalls fast.

Hoffentlich.

Was war da noch. Ach ja:

„Der Grund, warum ich kommen sollte, ist fol-
gender: Professor Wiehlich hat mir aufgetragen, Bescheid zu geben, dass ich ab dem neuen Semester
sein Assistent sein werde."

Sie senkt verwirrt den Kopf.

Nach einer Weile fragt sie:

„Professor Wiehlich?"

Ich nicke froh, denn nach den Turbulenzen der
letzten Stunden tut es gut, seinen Namen auszu-
sprechen und zu hören.

Etwas ratlos bewegt sich die Sekretärin zu
ihrem Schreibtisch, klickt nachdenklich am PC herum, steht wieder auf und sagt zu mir:

„Soso. Aber diesbezüglich muss ich erst Rück-
sprache mit Professor Wiehlich persönlich nehmen."

„Natürlich", sage ich, „selbstverständlich. Ich
tue ja nur, worum er mich gebeten hatte."

Dann heb ich die Hand zum Gruß:

„Auf Wiedersehen."

Sie nickt mir zu und scheint froh zu sein, dass
ich ihr freitag-ruhiges Reich wieder verlasse.

*

Ich sehne mich danach, den Bahnhof zu erreichen. Die Stadt zu verlassen. Corinnas Armen entgegen zu fliegen. Trotzdem nehme ich weder Bus
noch Bahn, denn ich befürchte, dass mein letztes
Geld nur knapp für die Zugkarte reicht.

Wenn überhaupt.

Der Weg ist weiter, als ich gedacht hatte. Aber das macht nichts. Die Bewegung tut mir gut. Als ich mich im Hauptbahnhof nach den Fahrkartenschaltern umschaue, höre ich eine muntere Stimme:

„Schau an, unser Überflieger! Hallo auch!"

Ich drehe mich und sehe Leos sympathische Miene lachend auf mich herabschauen. Er schlägt mir auf die Schulter und sagt:

„Donnerwetter! Hab' schon gehört, wie du alles abgeräumt hast: Super Prüfung, Job bei Jean Bart, ein WG-Zimmer, sogar Malina soll ganz närrisch nach dir sein!"

„Oh, Leo, so ein Zufall. Ich dachte, du wärst bei ... wo noch mal?"

„Bei meinen Eltern- Ja, das stimmt, aber nur für zwei Tage, länger halte ich es dort nicht aus. Und selbst? Sag mal, wie fühlst du dich denn so, nachdem du so, wie soll ich sagen, überall so gut angekommen bist?"

Er strahlt mich mit aufrichtiger Anerkennung an. Als ich auf seine Worte nicht reagiere, fügt er fröhlich hinzu: „Freue mich echt auf eine intensive Zusammenarbeit mit dir!"

„Ja, ich auch", sage ich, und es gelingt mir sogar, zu lächeln. Doch ja, Leopold scheint nett und unkompliziert zu sein. Ich stelle es mir schön vor, mit ihm zu proben.

„Die Partie von Figaro würde ich gerne erarbeiten", beginnt er zu fachsimpeln, „ein absolutes Muss für jeden Bariton. Sag mal, wollen wir nicht einen Kaffee trinken? Dann können wir schon ein bisschen vorausplanen ..."

„Ich muss jetzt gleich eigentlich zurück. Meiner Freundin erzählen wie es war und so."

Wieder schlägt er mit männlicher Kraft auf meine Schulter:

„Alles klar! Mensch, das kann ich verstehen. Hatte selbst ziemlich Sehnsucht nach Ulrike und kann es kaum erwarten, sie wieder zu sehen. Hatte vorletzte Nacht einen komischen Traum."

Stirnrunzelnd schaut er in die Luft. Dann, als wollte er die Erinnerung wegwischen, fährt er sich schnell mit der Hand über die Stirn:

„Na ja", versucht er wieder zu lachen, „wird nichts gewesen sein. Manchmal träumt man eben so einen Scheiß, nicht wahr. Dann grüß deine Süße, werd' sie ja bald kennen lernen, wie heißt sie?"

„Corinna."

„Corinna. Schöner Name, weiblich, innig. Sehr verlockend ..."

So kommt sie mir auch gerade vor.

Ich lächle.

„Will der Herr Graf ein Tänzchen wohl wagen, will der Herr Graf ...", beginnt er mitten im Bahnhof eine Arie zu singen, so dass die Passanten sich umdrehen und Kinder auf uns zeigen. Dann schlägt er mir schon wieder auf die Schulter und lacht. Ob alle Opernsänger so viel lachen und sich ständig auf die Schultern schlagen?

„Keine Sorge, das ist die Arie aus dem ersten Akt."

Und als ich die Stirn runzle, erklärt er:

„Figaro von Mozart? He, du musst wirklich allerhand lernen!"

Während ich in sein Lachen einstimme, überlege ich, ob ich ihn nach zwanzig Euro fragen kann. Natürlich geliehen. Nur für ein paar Wochen. Dann verwerfe ich den Gedanken. Beim zweiten Treffen leiht man sich noch kein Geld, finde ich.

„Also Ciao.“

„Ciao, Leo.“

„Für dich bin ich bitte Leopold.“

„Ciao. Leopold. Schöne Tage.“

„Ebenso.“

Winkend trennen wir uns.

Das Aufeinandertreffen wirkt in mir nach. Ich spüre es, als hätte ich einen vitaminreichen Apfel gegessen. Mit frohen Schritten finde ich das Reisezentrum des Bahnhofs und stelle mich in die Warteschlange. Es stehen nur sieben, acht Reisende vor mir, die Art aber, wie die Kunden an den Schaltern ihre Unterlagen ausgebreitet und sich selbst über die Tresen gelehnt haben, deutet auf zähe Verhandlungen hin. So ist es auch. Ich merke, dass einige in der Schlange vor mir unruhig mit den Füßen trippeln, als müssten sie auf die Toilette. Ich nutze die Zeit, um in Ruhe mein Geld zu zählen und bin anschließend sicher, dass es nicht reichen wird.

Zwanzig Minuten später, als ich endlich an der Reihe bin, stütze auch ich mich mit den Ellenbogen auf die Platte und äußere meinen Wunsch:

„Aber keine Rückfahrkarte, nur Hinweg. Und sagen Sie mir bitte erst, was es kostet, ich bin etwas knapp bei Kasse.“

Die geföhnte Blondine hebt ihre intensiv blau geschminkten Augenlieder und guckt mich amüsiert an, als hätte sie diesen Satz noch nie gehört.

„Ermäßigung?“ fragt sie.

Ich schüttele den Kopf.

Der Preis, den sie nennt, übersteigt mein momentanes Vermögen zum Glück nur um wenige Euro.

„Und wenn ich nur bis in die Stadt davor fahre, was kostet das?“

Wieder produzieren ihre Augen nette kleine Lachfältchen.

„Den Rest wollen Sie laufen?"

„Das verrate ich nicht", sage ich geheimnisvoll.

„Nun gut. Dann schauen wir mal."

Sie sucht den Preis heraus. Erleichtert stelle ich fest, dass ich ihn fast bezahlen kann. Die fehlenden dreißig Cent erlässt sie mir unter amüsiertem Kopfschütteln. Die Fahrkarte wird ausgedruckt und sie schiebt sie mir mit den Worten zu:

„Aber Vorsicht. Schwarzfahren ist teuer."

Ich nicke lächelnd.

„Danke."

„Gute Reise."

Da drängt sich schon ein eiliger Kunde an meine Seite. Nun schlendere ich also ohne jeden Cent in der Tasche im Bahnhof herum und merke, dass all die Schokoladen, Brezeln, Brötchen, *Snaks*, Säfte, *Coffee to go* verlockender aussehen, wenn ich sie nicht bezahlen kann. Mir wird bewusst, dass ich ohne Geld nicht einmal auf ein Klo gehen könnte und werfe ein erschrockenes inneres Auge auf meine Blase, ob die unter diesen Umständen auch schön still hält. Ein Bettler sitzt auf dem Boden. Ich beobachte ihn über mehrere Minuten während derer ihm niemand auch nur einen einzigen Cent zuwirft. Als ich näher an ihm vorbei gehe und in seinen Pappbecher schiele, raunt er:

„Komm Bruder, haste nicht ein paar Cent für mich?"

Wie bei einer verschreckten Schnecke schließt sich mein Gesicht und ich gehe eilig davon.

Zwanzig Minuten später fährt der Zug ein, mit dem ich eine direkte Verbindung zu Corinna habe. Ich habe keinen Platz reserviert, finde aber relativ leicht in einem Großraumwagen einen Fensterplatz mit Blick in Fahrtrichtung. Kaum hab ich mich dort eingerichtet, mein Tagebuch herausgekramt und den Rucksack auf der Gepäckablage verstaut, als eine zerbrechliche Dame in mit blausilbern getöntem und fein frisiertem Haar sich erkundigt, ob der Platz neben mir noch frei sei. Ich nicke wortlos mit möglichst unwirscher Miene, um ihr von vornherein jede Hoffnung auf eine zeitverkürzende Konversation zu nehmen.

„Wären Sie so freundlich, meinen Koffer auf die Ablage zu heben?" fragt sie. „Ich bin nicht nur zu schwach in meinem Alter, sondern leider auch zu klein."

Betont schwerfällig stehe ich auf und erfülle ihren Wunsch. Auf den Dank reagiere ich nicht. Als sie sich neben mich setzt und nach meinem Reiseziel fragt, vermute ich dahinter eher die Hoffnung, dass ich ihr den Koffer auch wieder herunterheben kann, als den Drang, ein Gespräch zu eröffnen. Aber sicher ist sicher, und wieder nenne ich die Stadt, auf die ich mich freue, weil Corinna mich erwartet, möglichst unwirsch.

„Das ist schön, denn das ist auch mein Ziel", flötet sie mit hoher Stimme, „vielleicht werden Sie so freundlich sein, mir mit meinem Koffer ein zweites Mal behilflich zu sein?"

Unverschämt kurz angebunden knurre ich: „Ja."

Dann vergrabe ich mich so demonstrativ hinter meinem Tagebuch, als grüble ich über wichtige, den Weltfrieden betreffende Probleme. Sie behelligt mich nicht mehr. Der Zug gleitet friedlich voran.

Je weiter ich mich aus der Stadt meiner letzten Niederlagen entferne, desto mehr verblassen auch die Farben, in denen ich Professor Tick vor mir zucken sehe. Trotzdem muss ich mich gleich zu Beginn der nächsten Woche nach ihm erkundigen. Am besten im Sekretariat anrufen. Wo auch sonst sollte ich etwas über seinen Zustand erfahren können.

Erstaunlich leise gleitet der Zug durch die Landschaft. Um mich zu beruhigen, führe ich mir eindringlich vor Augen, dass das Wichtigste, die Hauptsache, nämlich die Aufnahmeprüfung, positiv und absolut erfolgreich ausgegangen ist. Alles andere ist nebensächlich, zweit- oder sogar drittrangig. So auch die schmerzliche Tatsache, dass Ulrich es sich wahrscheinlich nicht verkneifen wird, Leo von Ulrikes und meiner Eskapade berichten. Damit wird also auch Leo mir im neuen Semester leider als Feind gegenübertreten. Schade. Aber auch das ist egal. Am Ende zählt wirklich nur das eine, und das schreibe ich auch als erstes in mein Tagebuch:

Ich habe einen Studienplatz im Fach Dirigieren und beginne mit dem Wintersemester eine Ausbildung bei dem bekannten Dirigenten und Hochschulprofessor Wiehlich! Hurra!

Als ich diesen Satz geschrieben habe, überkommt mich endlich wieder ein breites Glücksgefühl, so dass ich entspannt in mein Tagebuch lächle.

„An die Liebste gedacht, junger Mann?" nutzt meine Nachbarin die Gelegenheit, mich in ein Gespräch zu ziehen. Sofort verfinstere ich meine Miene wieder. Aber ich sage kein Wort.

„Bitte um Verzeihung", sagt sie auf diese eindeutigen Zeichen hin, „ich will Sie nicht stören in Ihrem Glück."

Ich schließe die Augen und lehne mich weit ins weiche Polster zurück, spüre die angenehmen Vibrationen der schnellen Fahrt und glaube körperlich wahrzunehmen, wie mir Corinnas Arme Meter um Meter näher kommen.

Was könnte es Schöneres geben?

Aber die Frage nach dem Zustand von Tick will mich nicht loslassen. Als mir die Szene schon wieder vor Augen tritt, in der ich im Hochschulsekretariat schwitzend und stotternd von Ticks Sturz berichtet habe, fällt mir der Brief ein, den die Sekretärin mir gleich zu Anfang zugeschoben hatte. Wahrscheinlich finde ich auf dem Briefkopf die Telefonnummer des Sekretariats, so dass ich gleich am Montag dort anrufen kann. Wieder versuche ich, mich dem beruhigenden Vibrieren des Zuges zuzuwenden, aber zwei Dinge hindern mich noch:

Erstens der Brief der Hochschule, der wahrscheinlich die Bestätigung meines Studienplatzes enthält. Vor allem aber beunruhigt mich der Gedanke an den Schaffner des Zuges. Der sollte bald erscheinen und meine Karte entwerten, damit ich mich fortan auf die Frage ‚Ist jemand zugestiegen?' mit entspanntem Kopfschütteln reagieren und über das nicht bezahlte Ziel hinaus zu Corinna fahren könnte. Aber er lässt sich nicht blicken.

„Entschuldigen Sie, darf ich mal?" frage ich meine Nachbarin.

„Schau an. Er kann also doch sprechen, mein junger Sitznachbar", entgegnet sie. „Aber ja, bitte!"

Umständlich erhebt sie sich aus dem Sitz.

„Ich muss nur etwas aus dem Rucksack nehmen. Bleiben Sie doch bitte so lange stehen."

Schnell krame ich den Brief der Hochschule aus einer Seitentasche und quetsche mich wieder auf meinen Fensterplatz zurück, ein höfliches ‚Danke' unterdrückend.

„Bitte sehr!" betont sie. Ich nicke ihr immerhin freundlich zu. Weit und breit ist kein Schaffner zu sehen. Nervös schaue ich auf die Uhr.

„Noch eine dreiviertel Stunde", sagt die Dame, „dann sind wir da. Werden Sie erwartet?"

„Nein", schnarre ich und flüchte hinter den Brief.

Die Musikhochschule ist der Absender, gerichtet ist der Brief an mich. Vorsichtig und voller Stolz öffne ich ihn, falte das offizielle Schreiben, dem ein handschriftlicher Zettel beigefügt ist, auseinander und erstarre schon bei den ersten Worten:

Sehr geehrter ... leider müssen wir ... hoffen Sie werden nächstes Jahr ...

Was?

Wie?

Neinnein, das ist nicht möglich!

Das ist ein Irrtum ...

Das ist ein Fehler: Dieser Brief bezieht sich auf den misslungenen ersten Teil meiner Aufnahmeprüfung.

Er gilt nicht –

Ich atme tief durch, und versuche, mich zu beruhigen:

Das ist der falsche Brief, ganz sicher!

Die etwas langsamere Dame vom Sekretariat wusste nichts vom zweiten Teil der Prüfung, so ist es, wie soll es anders sein. Langsam beruhige ich mich wieder. Inzwischen hat der Zug, wie ich durch einen flüchtigen Blick aus dem Fenster registriere, in der Stadt gehalten, bis zu der mein Ticket gilt. Ich lehne meine Stirn an die kühle Scheibe und nehme die aus- und einsteigenden Reisenden mit all ihren Koffern, Rucksäcken und Rollis aber nur wie im Traum wahr. Noch immer schlägt mein Herz vom Schrecken angestachelt viel zu schnell und hart in meiner Brust.

„Schlechte Nachrichten? Ist Ihnen nicht gut?" fragt die Dame neben mir.

„Nein", fauche ich sie an. Sie soll mich endlich in Ruhe lassen.

Der Zug setzt sich wieder in Bewegung.

Ich registriere nicht, wie sie auf mein Fauchen reagiert. Als der Zug volle Fahrt aufgenommen hat, komme ich auf die Idee, den handschriftlichen Brief aufzufalten. Er ist an mich gerichtet, der Briefkopf, wie ich mit Erleichterung sehe, lautet *Professor F. Wiehlich.*

Dann lese ich:

Nun ist es leider doch anders entschieden worden, was ich aufrichtig bedauere. Kollege Tomaso hat nach einer Probe mit Ihnen so umfassend seine Meinung geändert, dass ich mich gegen zwei deutlich ablehnende Stimmen nicht mehr durchzusetzen vermochte.

Schade.

Nachdem mir allerdings mein Freund Jean Bart von Ihren fast kriminellen Versuchen, ihn zu betrügen berichtet hat, haben sich auch in mir Zweifel geregt. Dennoch wünsche ich Ihnen alles Gute für Ihre Zukunft. Vielleicht versuchen Sie es im nächsten...

„Hallo!"

Was ist los?

Ich werde aus dem Lesen gerissen, aber nicht von einer Stimme und Frage allein, nein, eine kräftige Hand rüttelt an meiner Schulter.

„Was?" wiederhole ich.

Der Schaffner steht vor mir.

„Ihre Fahrkarte!" fordert er ungeduldig.

„Meine Karte?" wiederhole ich und versuche zu begreifen, dass ich tatsächlich abgelehnt worden bin.

„Wie, abgelehnt?" fragt mich plötzlich der Schaffner, als wüsste auch er schon davon. Die Dame neben mir betrachtet mich sorgenvoll.

„Ihre Fahrkarte möchte ich sehen!"

„Ja", sage ich und krame in den Taschen. „Da ist sie, dabei fällt mir ein, ich war doch ..."

„Darf ich sie sehen?"

„Äh, ja, hier."

Eingehend und den Kopf in immer größeren Amplituden schüttelnd studiert er meine Karte.

„Nein", befindet er dann, und, wie ich weiß, zu Recht: „Die ist nicht mehr gültig. Sie hätten beim letzten Halt aussteigen müssen. Darf ich Ihren Personalausweis sehen?"

In dieser prekären Situation gelingt mir etwas Merkwürdiges. Ich bin imstande, das Entsetzen über Wiehlichs Brief in die jetzige Situation sozusagen hineinzu*transplantieren:* Entsetzt springe ich in der Enge des Platzes auf, schaue mich hektisch um, als glaubte ich ihm nicht und rufe:

„Beim letzten Halt hätte ich aussteigen müssen? Wie? Nein!" während es parallel voller Verzweiflung in mir denkt:

Vielleicht versuchen Sie es im nächsten Jahr noch einmal ...

Meine heftige Reaktion verfehlt ihre Wirkung auf den Schaffner nicht, er sagt:

„Nun bleiben sie aber mal ganz ruhig, es gibt doch genügend Züge, die sie wieder zurück bringen können!"

Die ältere Dame an meiner Seite beobachtet mich aufmerksam, während ich mich voller Unruhe hin und her werfe, als könnte ich jeden Moment auf die Idee kommen, aus dem Fenster zu springen. Plötzlich wendet sie sich mit besorgter Stimme an den Schaffner:

„Hätte ich das nur gewusst! Da hat er die ganze Zeit so friedlich neben mir geschlafen und ich war leise, um ihn nicht zu wecken", woraufhin ich mir gleich an die Augen fasse, als müsste ich die letzten Schlafreste herausreiben.

„Hm", macht der Schaffner überzeugt, während die alte Frau mir flink zuzwinkert, „dann will ich gegen meine Gewohnheit ein Auge zudrücken."

Er schaut auf seine dickgliedrige goldene Armbanduhr:

„In wenigen Minuten erreichen wir die nächste Station, dort steigen sie aus und nehmen um 15.10 Uhr den nächsten Zug in die Gegenrichtung."

Dann lächelt er, von der eigenen Großzügigkeit überrascht und erfreut:

„Aber nicht wieder einschlafen. Und eine gültige Fahrkarte für den Rückweg müssen Sie sich dennoch kaufen!"

Ich befinde mich noch ganz in meiner Rolle des vor Schreck Aufgelösten und nicke, ohne sein Späßchen zu belächeln. Die Dame lässt mich vorbei. Ich hebe gerade meinen Rucksack von der Ablage, als der Zug das Bremsmanöver einleitet.

„Auf Wiedersehen", sage ich zu meiner Nachbarin, deren Koffer gerade vom Schaffner heruntergehoben wird. Sie nickt mir schmunzelnd zu. Unnötigerweise begleitet mich der Schaffner durch den Gang. Wahrscheinlich hat er das Glück der Hilfsbereitschaft entdeckt, denn als der Zug zum Stehen kommt, öffnet er mir mit kraftvoller und geübter Hand die Tür.

„Das Gleis gegenüber", sagt er zum Abschied, was ich aber kaum noch wahrnehme, denn mir verschwimmt vor Erleichterung der Blick, als ich Corinna mit freudigem Lachen auf mich zustürmen sehe.

Ich stürze in ihre Arme wie ein Ertrinkender, denn im gleichen Moment stürzt die ganze Erkenntnis, dass die Hochschule und Professor Wiehlich mich abgelehnt haben, über mir zusammen und ich breche in heftiges Weinen aus. Corinna erstarrt vor Schreck. Damit hat sie nicht gerechnet.

„Sebastian", höre ich sie, „was ist denn?"

Aber ich kann nicht sprechen. Ich weine.

Plötzlich klopft eine Hand schmerzhaft auf meine Schulter. Verständnislos löse ich meinen Kopf von Corinnas Schulter, die mich gleichzeitig auf ungewohnte Art von sich schiebt. Hinter mir steht, mit vor Wut und Enttäuschung gerötetem Gesicht, der hilfsbereite Schaffner mit zwei Polizeibeamten und sagt:

„Das ist er. Er ist ohne gültige Fahrkarte gereist."

Mit einem Blick, der sich wie eine Ohrfeige anfühlt, wendet er sich von mir ab und stapft davon.

„Dann kommen sie mal mit!" sagt einer der Polizisten und streckt seinen Arm nach mir aus.

*

Eine Stunde später fährt Corinna mit ruhiger Hand durch die Stadt. Ich sitze auf dem Beifahrersitz, fühle mich wie betäubt und schweige. Nach einer Viertelstunde erreichen wir das Haus, in dem sie wohnt. Sie parkt das kleine Auto wie üblich in der Einfahrt.

Wir steigen aus.

Aber erst, als ich in ihrer so vertrauten Wohnung bin, mich auf das Sofa geworfen und meinen Kopf in ihrem Schoß vergraben habe, kann ich nach und nach berichten, was sich in den vergangenen vierundzwanzig Stunden zugetragen hat.

Ich erzähle von den vielen Arien, von Tomasos zu frühem Kommen, der erniedrigenden Probe mit ihm, dann von den schrecklichen Anschuldigungen von Jean Bart, der mich für einen Betrüger hielt, von der späten Erkenntnis, dass ich mein Klavier nicht in das Zimmer stellen kann, von Professor Tick, wobei ich natürlich ausholen und vom gemeinsamen Abendessen und Malina berichte. Über das fehlende Geld bis zu dem Brief, den ich im Zug geöffnet und gelesen habe, erfährt sie Stück um Stück alle neuen Entwicklungen.

„Kein Studienplatz?" fragt sie entsetzt.

Ich schüttle resigniert den Kopf und verberge mein Gesicht hinter meinen Händen.

„Keine Assistentenstelle", murmelt sie.

Und dann, noch leiser:

„Wie gewonnen, so zerronnen ..."

Das trifft es.

„Wenn du nicht so elendig aussehen würdest, würde ich dir kein Wort glauben", gesteht sie. „Diese Geschichte klingt wie schlecht erfunden."

Ich krame den Brief von Wiehlich aus meiner Tasche. Sie streicht ihn glatt, überfliegt ihn und schüttelt den Kopf.

„Aber sie stimmt. Unfassbar. Ach je."

Dann streichelt sie eine endlose Zeit zärtlich tröstend meinen Kopf und Rücken und zeigt mir so, dass ich das Wichtigste behalten habe.

Nämlich sie.

Meine Corinna.

Ich sauge ihre Zärtlichkeiten tief in mich ein.

Nach etwa einer Stunde fühle ich mich deutlich besser und stabiler. Ich versuche, mich zu erinnern, wann und an welcher Hochschule mich die nächste Aufnahmeprüfung erwartet, denn ich hatte mich natürlich in mehreren Städten beworben.

War das nicht in zwei Wochen? In Hamburg? Auch eine aufregende Stadt.

Da, ich bin mir sicher, da schaffe ich es!

Das wäre doch gelacht.

Ich beginne, Corinnas Hand zu streicheln, zu küssen, richte mich auf, küsse ihren Mund, ihren Hals, aber als ihr meine Absichten und Wünsche deutlich werden, lächelt sie mich an und sagt mit einem verlockendem Leuchten in den Augen:

„Eins nach dem andern ..."

„Was ist denn das eine, was das andere?"

„Du gehst unter die Dusche, das ist das eine. Ich hole deine Wäsche aus dem Rucksack und stelle eine Waschmaschine an. Dann sehen wir weiter ..."

Ich bin einverstanden.

Eine Dusche, besser noch eine Stunde Badewanne wird mir gut tun. Ich löse mich von Corinna mit einem letzten Kuss und gehe in ihr Badezimmer. Bevor ich mich ausziehe, schalte ich das Wasser ein und reguliere die Temperatur. Es ist so schön, einen Platz zu haben, an den man sich flüchten kann, wenn alles über einem zusammenbricht.

Corinna ist eine großartige Freundin.

Sie versteht mich.

Langsam lasse ich mich ins heiße Wasser gleiten, es umfängt mich wie ein warmer Mantel und ich stöhne wohlig. Bis mein Kinn im Schaum versinkt, tauche ich in die warme Welt.

Dann atme ich aus und entspanne.

Alles gleitet von mir ab:

Wiehlich. Professor Tick. Bart. Ulrich. Tomaso ... sie alle lösen sich wie ein Schmutz von meiner Haut. Ich kehre wieder in die Gegenwart zurück, strecke meine Glieder und fühle mich wohl und zufrieden.

Wie schön.

Wie gut.

Wie warm.

Ob Corinna zu mir in die Wanne steigen möchte? Bei dieser verlockenden Vorstellung regt sich etwas Geheimes unter dem dichten Vanilleschaum.

„Corinna", rufe ich mit süß verlockender Stimme, aber es bleibt still.

Sie sammelt wohl noch die Buntwäsche zusammen. Sie kann doch eigentlich die, die sie gerade am Körper trägt, gleich mitwaschen ... dafür müsste sie sich aber vorher ausziehen ...

„Corinna? Kommst du mal?"

Stille.

„Corinna!" rufe ich, nun etwas lauter und mit verwundertem Unterton:

„Wo bist du?"

Ich hebe meinen Kopf aus dem Schaum und lausche in die Stille der Wohnung. Statt einer Antwort höre ich plötzlich etwas, das mich kurz lächeln, dann aber trotz der warmen Wanne frösteln lässt. Ich richte mich mit einem Schlag kerzengerade auf. Was ich höre, klingt hässlich, schrecklich, es wird lauter, kommt näher, die Tür geht auf, da ist es grell und verzerrt, und mit Tränen der Enttäuschung und Wut in den Augen bohrt sich Corinnas Blick hasserfüllt in mich.

Fröhlich kreischt der Lachsack.

Sie hält ihn umklammert und bebend in der Hand, sein Gelächter gellt schrill durchs Bad.

Ein paar Sekunden steht sie noch still, dann schüttelt sie den Kopf und schreit über das Kreischen hinweg:

„Du Lügner! Du gemeiner Lügner! War eigentlich irgendetwas von dem, was du mir erzählt hast, wahr? Oder war alles gelogen?"

Ich bin erledigt.

Sprachlos.

„Pack' deinen Scheiß zusammen und dann raus hier! Auf der Stelle! Ich will dich nie, nie, nie wiedersehen!"

Mit dem letzten Wort wirft sie voller Wucht den Lachsack nach mir, verfehlt mein Gesicht nur um ein paar Zentimeter, geht und schlägt krachend die Tür hinter sich zu.

Unter seltsamem Blasenwerfen und Blubbern versinkt das kreischende Gerät erst im Schaumgebirge, dann im warmen Vanillewasser und verendet schließlich zuckend zwischen meinen Beinen.